JINHAIZHIGE

金海之歌

JINHAIZHIGE

田培良 著

内蒙古出版集团 内蒙古人民出版社

图书在版编目(CIP)数据

金海之歌/田培良著.—呼和浩特:内蒙古人民出版社,2012.4

ISBN 978-7-204-11519-8

Ⅰ.①金… Ⅱ.①田… Ⅲ.①报告文学－中国－当代 Ⅳ.①I25

中国版本图书馆 CIP 数据核字(2012)第 070524 号

金海之歌

作　　者	田培良
策　　划	郭　刚
责任编辑	阿拉坦高娃
封面设计	徐敬东
责任校对	李向东
出版发行	内蒙古出版集团　内蒙古人民出版社
地　　址	呼和浩特市新城区新华大街祥泰大厦
印　　刷	内蒙古爱信达教育印务有限责任公司
开　　本	710×1000　1/16
印　　张	13.25
字　　数	200 千
版　　次	2012 年 3 月第 1 版
印　　次	2012 年 3 月第 1 次印刷
印　　数	1－60000 册
书　　号	ISBN 978-7-204-11519-8/I·3381
定　　价	26.00 元

图书营销部联系电话:4972001　4972092
如发现印装质量问题,请与我社联系　联系电话:(0471)4971562 4971659

人最宝贵的是生命。生命属于人只有一次。人的一生应当这样度过：当他回首往事的时候，不会因为碌碌无为、虚度年华而悔恨，也不会因为为人卑劣、生活庸俗而愧疚。这样，在临终的时候，他就能够说："我已把自己整个的生命和全部的精力献给了世界上最壮丽的事业——为人类的解放而奋斗。"

——保　尔

一个人无法选择生命的长度,却可以主宰生命的宽度。

　　　　　　　　　　　　　——金　海

目录 CONTENTS

第一章 入 学 / 001
  1 沙窝子里走来的年轻人 / 002
  2 "失奶的孩子" / 009
  3 对他影响最大的两个人 / 011

第二章 热 恋 / 019
  4 你能做我的妻子吗 / 020
  5 头一回约会就哭了个一塌糊涂 / 024
  6 青冢畅想曲 / 030

第三章 留 校 / 037
  7 跟"死人"打交道你乐意吗 / 038
  8 一辈子的大事,本该办得圆满些 / 046
  9 搞历史,全凭史料说话 / 049

第四章 书 虫 / 053
  10 我林娜就做你金桑的终身"保姆"吧 / 054
  11 孩子打破了他们的平静 / 057
  12 那就夫唱妇随吧 / 062

第五章 较 真 / 069
  13 任何人概莫能外 / 070
  14 朋友们眼中的"金胖子" / 073
  15 那是段特别开心的日子 / 078

第六章 黑 障 / 085
  16 一定要给我顶住 / 086

     17　癌症病人大都是吓死的 / 091
     18　硬硬铮铮站起来，乐乐呵呵活下去 / 094

第七章　坚　持 / 101
     19　讲不成课咱们就搞研究 / 102
     20　博士论文是这样写成的 / 105
     21　最值得庆贺的两件事 / 112

第八章　春　蚕 / 119
     22　我至少可以做只蚕吧 / 120
     23　甚时候招呼我甚时候到 / 123
     24　这就是金海的人品 / 130

第九章　蜡　炬 / 137
     25　航标灯 / 138
     26　蜡泪不多了，得抓紧 / 143
     27　燃烧自己，照亮别人 / 147

第十章　榜　样 / 155
     28　没有一封信是金海写的 / 156
     29　部长说话了 / 164
     30　报告团所到之处 / 170

第十一章　牵　挂 / 175
     31　感觉不对劲了 / 176
     32　托付 / 181
     33　遗憾，最大的遗憾 / 185

第十二章　英　雄 / 191
     34　草原上的当代保尔 / 192
     35　他就是英雄，新时代的英雄 / 196
     36　在那长满艾草的山坡上 / 201

第一章
入 学

⊙ 沙窝子里走来的年轻人
⊙ "失奶的孩子"
⊙ 对他影响最大的两个人

1. 沙窝子里走来的年轻人

金海是开学那天才赶到学校的，比"录取通知书"要求的报到时间晚了一天。许多天后，他还为没能参加上神圣的开学典礼懊悔不已。

这位内蒙古大学蒙文系的七七级新生在路上就走了三天。

头一天，他通过在乡里当乡长的舅舅搭了辆顺车，从沙尔利格去了旗府所在地嘎鲁图；第二天一早，又从嘎鲁图坐上班车，在沙窝子里晃悠了一天，太阳落山时才进了东胜，这就错过了去包头的班车；第三天，先坐班车去了包头，又从包头换乘火车，等去了呼市，已经是下午了。

他本来打算提前一天就动身的，临到跟前又改了主意。一则为搭那辆顺车，省两个路费；二则也为多待一天，给家里再干些活。他是家里的老大，妹妹弟弟都还小，两位老人虽然年纪不算大，但是身体都不好，他想把家里的事情尽量安顿好，走了才放心。这就弄了个一路紧赶，最终还是误了事。

好在一进校门就遇上了负责收尾的工作人员，人家帮他办完了各种手续，又领着他来到蒙文系的学生公寓。

"欢迎新学友"的标语牌还在楼门口立着，负责接待的工作人员显然已经撤了，只有一张桌子、两把椅子还在那里放着。正这时候，两个学生模样的姑娘从楼里出来，跟他们走了个对面。

"请问是我们蒙古语言文学班的么？"其中的一个问。

"是，正是你们班的。"陪金海的那位工作人员回答。

"同学，请问你叫什么？"

"我叫金海。"

"林娜，快去告诉咱们班主任，就说金海同学到了！"她对另一位同学说。

被叫做林娜的那个女同学正要走，她们的班主任听到声音从楼里赶出来了。班主任大步走到金海面前，热情地跟他寒暄。两个女同学也一齐上手，一个帮金海提行李，一个替他拿挎包。

"金海同学，你会吹拉弹唱？"林娜同学见金海带着二胡和笛子，就好奇地问。

"不会，只是喜欢。"金海谦虚地回答。

"那咱们班上又多了一位文艺人才！"林娜跟那位女同学说。

"男同学住一楼，女同学住三楼。"班主任一边说，一边领着金海向一楼走去。

一入学就受到老师、同学的热情欢迎，吃的、住的都安排得那么周到，这让头一回出远门的金海感到分外地高兴。

当晚熄灯后，同屋的几个同学很快就进入了梦乡，唯有金海，躺在那里翻来覆去睡不着，越躺心越亮。他的思绪又回到了他的家乡，回到了他的达来柴登。

达来柴登是金海的出生地，那地方归伊克昭盟乌审旗沙尔利格苏木管辖，是一个只有二十几户人家的小村庄。达来柴登在毛乌素沙漠的南端，一出家门就是大大小小的沙窝子，稍微平缓些的地方，长满了牛羊爱吃的芨芨草和艾草。夏秋时节，赶上雨水多的时候，山坡上绿绿的，再加上一卜一卜的橡柳，也还很有些看头。据说这里住过一位名叫"达来"的人，村子的名字就是跟上这人叫下来的。至于这个人是干什么的，谁也说不清，反正一辈传一辈，一直叫到现在。

从达来柴登再往南，走不多远就是美丽的巴图湾，巴图湾的旁边是著名的统万城；再往南，就进入陕北靖边的地界了。

达来柴登这一带，正好位于蒙陕两省的交界处，别看地势偏，却也出了不少有名的人物，在中国的近现代史上，发生过不少惊天动地的大事。这让少年金海从小就记熟了他们的名字。

住在达来柴登的人们，世世代代以放牧为生，间或也种些玉米、糜子和土豆，量不大，主要是自己食用。

一九五五年初冬的一个夜晚，金海就出生在达来柴登一个普通的牧民家。那天按公历是十一月十一日，农历是九月二十七。他的父亲叫宝日其劳，母亲叫乌斯哈勒，都是土生土长的蒙古人。金海出生那年，父亲已经三十岁了，母亲小父亲九岁，二十刚出头。

金海的名字是他父亲起的，叫"阿拉腾达来"，是蒙名，译成汉语就是"金色的大海"，简称"金海"。小时候，人们都叫他"阿拉腾达来"；后来上了学，渐渐叫成了"金海"，"阿拉腾达来"反倒很少有人叫了。

金海是八岁上的学，学校在沙尔利格，离他们达来柴登有十五六里。路太远，金海只能住校。八岁的孩子就离开父母在外面独立生活，这使金海从小就养成了自立的习惯，洗衣、做饭，都是他自己干。

沙尔利格小学是公社的中心小学，蒙汉合校。金海上的是蒙文班，小学六年全部是蒙语授课。小学毕业后，要想上个好一点的初中，就得到几十里外的陶利中学或者更远的嘎鲁图中学去，那得支付很高的生活费，金海家穷，拿不起。这时沙尔利格学校正好开设了"戴帽子"初中，有汉语授课，这正中金海的意。他怕跟不上，主动退了两级，跟着汉文班的同学从头学习汉语。这样，等三年后初中毕业，他在这个学校就整整上了十一年。入学的时候八岁，一赶毕业，已经十九岁了。虽然多上了两年，但对金海来说，却益处多多。一九七四年他从这所"戴帽子"中学毕业时，不光蒙语好，汉语也不错，成了"蒙汉兼通"，这让很多同学羡慕不已。

初中毕业后的金海考上了嘎鲁图中学，他要在那里接着读高中。那是全旗最好的中学。

那年的暑假金海没有回达来柴登，他留在了沙尔利格，和他的表弟奇开福以及另一个叫做特古斯的同学给学校脱了一假期的土坯。假期结束的时候，他们每人拿到了一百四十多元的工钱。在一九七四年，这可是一笔可观的收入，除过支付开学的费用，还有一多半的结余。金海把余下的钱一分不剩地交给了父母。

两年的高中学习很快就结束了。高中毕业后的金海回到了达来柴登。回到达来柴登的金海没有接父亲手里的那根放羊鞭，而是接过了民办小学的教鞭。

他们达来柴登是个自然村，当时还是大集体。按大集体的体制，自然村属于生产小队，生产小队归大队管。管他们的那个大队叫红旗大队。红旗大队办了所民办小学，也有一百多名学生，五个班级，八九个教师。学校缺教师，就把毕业不久的回乡青年金海请去了。

民办小学的那几个老师文化程度都不高，最高的只有初中，有两个只念完了小学。这样，高中毕业的金海就成了他们当中学历最高的一个。加上他蒙汉语都会，越发成了学校的"香饽饽"。刚刚毕业的金海感觉自己找到了用武之地。他尽心尽力地带课，还主动帮校长出主意，别的老师有问题来找，他一概认真地帮助。没过多久，全校的老师、学生都很喜欢他，他成了红旗小学不可或缺的一个人才。

就在金海为当好民办教师、办好民办小学全力工作的时候，一个让他绝对想不到的事情发生了：国家要恢复中断了十一年的高考，时间就定在这一年的十二月十三日！

这个天大的喜讯金海是从红旗小学的大喇叭里听到的。当时他正绕着学校周围的田埂跑步。他不相信自己的耳朵，就跑进校长室问校长。校长说他也听到了。不一会儿，沙尔利格学校的老师、从嘎鲁图中学毕业的同学，也都通过那部笨重的手摇式电话机向他转告了这一喜讯。大家在电话里约定，绝不放过这次终于盼来的机会，一定要通过高考实现做了十几年的大学梦！

从那天起，金海就一边带课，一边复习。校长怕误了他的事，对他说："你那个班我先替你带着，你干脆回家复习吧！"金海摇了摇头，谢绝了校长的好意。一方面，他这人做事向来不喜欢张扬，更不愿意为自己的事去麻烦别人；再则，他也相信自己的实力，毕竟刚刚毕业，又有蒙汉双语的基础。正因为有这份儿自信，他在心里给自己确定了一个并不算低的目标："不光要考上，而且要考好，争取考一个称心如意的学校！"

一九七七年十二月十三日，是中国教育史上一个极其重要的日子，对于本书的主人公金海来说，更是改变他命运的一个转折点。

这一天，他和众多的乌审学子一起，又回到了离别不久的嘎鲁图，以考生的身份从容不迫地走进了设在嘎鲁图中学的高考考场。

十几天后，果然不出所料，金海以总分195分的绝对优势，被内蒙古大学蒙文系录取，成为这所著名大学的一名新生。

尽管预先就对自己有八九成的把握，但在接到录取通知书的一刹那，我们的金海还是哭了！这张印着内大校名、盖着内大公章的薄薄的白纸，对眼前这个白白的、瘦瘦的、刚满二十三岁的民办教师来说，你知道意味着什么吗？意味着身份的转换，意味着命运的骤变。从现在开始，他就不再是那个指望工分过日子的与农民几无差别的可怜巴巴的乡村民办教师了，而成为可以天天吃到公家的供应粮、月月领到数额可观的工资的国家干部了；他可以不必再像他的父辈那样，在这荒漠的沙窝子里，与牛为伴，与羊为伴，与风沙为伴，日复一日、年复一年地过穷日子了，从此步入科学的殿堂，在浩如烟海的知识宝库中，与书为友，与笔为友，与桌椅为友，去探寻知识的宝藏了。这是这个牧民的儿子在他家那盘土炕上做了多少年的梦呀！如今，这梦已经变成现实了，小伙子的梦想已经实现了，他能不激动、能不兴奋吗？

就在接到录取通知书的那个晚上，金海约了他最要好的几个童年伙伴，请了他最尊敬的赛旺校长、达楞巴雅尔老师，领着妹妹乌兰其木格、弟弟阿拉腾森布尔、宝音德力格尔，几个人一起来到达来柴登西边那处久不住人的孤零零的院落。这里是他出生的地方，是他度过童年的地方，他要在这里和众人一起分享今天的快乐，庆贺他二十三年来这桩最大的美事！

妹妹乌兰其木格为他熬好了热乎乎的奶茶，端上了他爱吃的风干羊肉，弟弟阿拉腾森布尔在炕桌上摆好了炒米和阿妈做的各种奶食，赛旺校长打开了刚从沙尔利格供销社买回来的鄂尔多斯白酒。

酒宴就这样开始了。没有太多的表白，没有更多的祝辞，当热乎乎的奶茶温热了小伙子们的喉咙，辣酥酥的烧酒烫热了他们的胸膛，饱含深情的乌审民歌就从他们的心间流淌出来了，还有比这更好的表白吗?还有比这更好的祝辞吗?生活在毛乌素沙漠里的人们,几乎从学会说话的那天起,就学会了唱歌,学会了喝酒。越是遇上高兴的事,他们越要放开怀喝,越要放开声唱。

拿到录取通知书的那个晚上,在达来柴登西边那间孤零零的院落里,金海和他的老师、他的同学、他的兄弟们究竟喝了多少瓶白酒,谁也记不得了;究竟熬了多少锅奶茶,谁也说不清了;究竟唱了多少首歌曲,谁也数不过来了。反正,直到夜半三更,那首《在那长满艾草的山坡上》,还在金海亲手栽种的那片橡柳的树梢上回荡,久久不肯散去:

> 那长满艾草的山坡啊
> 是放羊的天然牧场
> 阿爸和阿妈哟
> 是我心中的菩萨
>
> 那山坡上走来走去的
> 是长着蝴蝶斑的骏马
> 心中思念的哟
> 是我的阿爸和阿妈
>
> 那山坡上跑来跑去的
> 是海骝花的骏马
> 我心中最爱的
> 永远是阿爸和阿妈
> ……

2. "失奶的孩子"

金海一入学就投入到了紧张的学习之中。

他们这届学生，因为是一九七七年底招的，尽管入学时已经是一九七八年的三月了，但学校里边仍然把他们称作"七七级"。

内大上点年纪的教授至今还记得七七级学生当年在学习上的那股拼命劲儿。

如今已经满头白发、年近八十高龄的郝维民教授说起那届学生来，仍然赞叹不已：

"七七级正是恢复高考后进来的第一批，那届学生非常厉害，无论是做人、做学问，都一个赛一个。这么跟你说吧，咱们说一个人学习刻苦，经常爱用一个词叫'如饥似渴'，七七级学生当年在学习上那真叫如饥似渴，他们像群渴坏了、饿坏了的孩子好不容易见到了吃的、喝的，一个个恨不得把所有的饭都吞下去、把所有的水都喝光，不是一个两个，那批学生都是那样。他们就是群'失奶的孩子'，逮住什么都想吃，什么时候都不饱！"

乔旺是一九八一年九月考入内大的，读的是汉语言文学。他比金海晚四届，称呼金海为"学兄"。这位后来成为内大宣传部长的"学弟"对当年的情景记忆犹新。他说：

"那个时候，内大的每一座楼都没有值班人员，没有灯火管制，更没有防盗门窗，夜不闭户是常态，教室、实验室的灯通宵不灭。习惯于晚上学习和一早爬起来学习的同学们在半夜或凌晨常常可以互相碰面。七十年代末入学的那些学兄学姐们，确实是我们学习的榜样，他们简直像群'饥饿的人扑到了面包上'，贪婪至极！"

　　蒙古语言文学班的金海在学习上更是不要命！

　　每天早晨，同寝室的八名同学中，金海早早就起床了，尽管头天晚上他从教室回来得很晚。

　　起床后的第一件事是绕着操场跑几圈。这个习惯他已经坚持好多年了，最早是在沙尔利格沿着镇子上的土路跑，后来是在嘎鲁图的街上跑，再后来是在红旗小学周围的乡间小路上跑，一直没有间断。来到内大后，体育锻炼的条件更好了，他每天一早更得跑几圈。他不像有的同学，除了学习，什么体育活动也不参加。他头天晚上睡得再晚，第二天一早照起不误。他没有闹钟，更没有手表，一到那个钟点自己就醒了，天天如此。除了长跑，他也喜欢打球，羽毛球、排球，都打得可以。

　　金海对时间是相当珍惜的！除过体育锻炼，他做所有的事情，几乎都要把学习捎上。去食堂打饭要拿本书，一边排队一边看；在饭厅吃饭要带本书，嘴巴吃，眼睛看；甚至上厕所也要带本书，那点儿时间也不放过。尽管是在牧区长大的，金海从小就爱干净。衣服虽然旧，但绝对不脏，外衣、内衣，什么时候都洗得干干净净的，叠得整整齐齐的。他爱穿球鞋，但即使是在炎热的夏天，也从来不让它有一点不好的味道。他就是这么个清清爽爽的人。洗衣服要占去不少时间，而且不可能一边洗一边看书，怎么办呢？手在忙，脑子也不闲着——他在背外语单词，背摘抄在卡片上的各种资料。

　　金海还是内大图书馆的常客，他甚至和图书馆的管理员成了很要好的朋友。

　　第一次进到内大图书馆，整房整房的图书、满架满架的期刊，在金海思想上引起的震动，让这个从大沙窝子里走出来的牧民的孩子许多年后都难以忘怀。他跟他高中时候的老同学、他的表弟奇开福说：

"不登泰山，不知山的高大；不见东海，不知海的淼渺；不进内大，不知书的广博。真的，当我第一次站在那一排排装满书籍的书架前时，顿时觉得自己就像一个贪婪的财迷进了装满奇珍异宝的宝洞，眼睛都直了，恨不得把这所有的宝藏都据为己有。你不要嗤笑，当时就是这种想法！"

从那天开始，除过上课，除过完成老师留的作业，只要有点时间，金海总是不由自主地往图书馆跑，往阅览室跑。图书馆、阅览室，成了他热恋中的情人，只要去了，只要见了，怎么看都看不够，待多久都不觉得长。

恋人是可以终身相守的，而图书馆的书籍却不能，到了日子一定得还。这是件非常痛苦的事。怎样才能让书里的知识和自己长相厮守呢？金海想出了两个办法：一个是博闻强记，用心地读，用心地记，强迫自己具备一种过目不忘的能力，把重要的东西长久地储存到自己的记忆里。再一个是制作卡片，这一招是从老师那里学来的。老师上课的时候，就常常展示记载着各种资料的卡片。制作那样的卡片是要花钱的，金海没有那么多的钱。没钱的金海想出了没钱的办法，他用六十四开的小本来记，两面都记，还是袖珍的，装在衣兜里就行，走到哪儿就可以带到哪儿，随时随地学，随时随地用，随时随地背。这两个办法太管用了——借来的图书虽然还回去了，书上的知识却长久地留在了金海的记忆里，记在了金海的小本上。

3. 对他影响最大的两个人

金海进内大的时候，刚刚二十三岁。

在以往的二十多年中，对他影响最大的有两个人，一个是他的父亲，一个是他的老乡。

他的父亲宝日其劳是抗战后期参加革命的八路军战士，曾在蒙汉支队给司令员当过警卫。拿我们今天的眼光来看，应当说这也是一位有点资历的老同志了。但就是这样一个人，新中国成立后不光没有谋到一官半职，最后干得把公职还丢了，只好领上老婆孩子回到达来柴登，在大沙窝子里当了几十年牧民。

宝日其劳跌落到这种地步，缘于两件事。

一件事发生在一九五二年，他还在部队，驻扎在鄂托克旗的乌兰镇，他那时已经是连里的指导员了。家里说了一门亲事，他请假回去完婚，办完婚事后没有按时归队，说是闹了点病，其实还是恋家，一拖再拖。回到部队，让人家一撸到底：职务没了，党籍没了，军籍也没了，只保留了个公职，转业回了地方，被安排到沙尔利格学校。因为他没有多少文化，书是不能教的，官更不能当，只能搞搞后勤，抓抓总务，管些吃喝拉撒的零碎事。在部队上干了八九年，最终就落了这么个结局。

第二件事发生在一九五四年，更窝囊——他掌管的资金被盗了。公安上的人查了好几天，找不见一丝线索，最后就怀疑到他头上，说他监守自盗。老头有口难辩。多亏案子很快就破了，是两个学生干的。但老头气不过，一怒之下，干脆辞了职，卷起铺盖回了家。他的公职就是这样丢的。

当年跟他一起在蒙汉支队当兵的那些战友，凡是活下来的，新中国成立后或大或小都当了官，干得很风光，活得很滋润；唯有他，领着妻儿老小在沙窝子里受了一辈子穷。为这事，老头也伤心过，也痛苦过，甚至骂过娘，那又怎么样？虽然组织上后来给他落实了政策，恢复了名誉，让他享受了离休待遇。那已经是许多年以后的事了，老头心灰意冷，再没出来工作。

有回过年，老头喝了不少酒。借着酒劲，跟已经懂事的儿子讲了一番掏心窝子的话。他是这样说的：

"我这辈子谁也不怨，既不怨组织，更不怨社会；要怨，只能怨我自己。怨自己没文化，怨自己脾气倔。正因为没文化，遇到些事，就掂不出个轻重，分不出个里外，头脑一热就把拐头戳下啦；正因为脾气倔，那股犟劲儿上来，不认活理认死理，宁撞南墙不回头，两头牛也拽不回来！让你们姊妹们跟上我吃苦了。"

"我已经这把子年纪，这辈子就是个这了。你们还小，你们可不能再走我的路。你记住：一定要把文化学下。人有了文化，就开了眼啦，就识了道啦，就不会再办荒唐事啦！咱们家穷，再穷，你老子也要把你供养出来，让你念完小学念中学，念完中学念大学，清清楚楚做人，明明白白做事！你记住，咱们男人对自己心一定要硬。人这一辈子，谁知道会遇上什么事？遇上好事，不要欢天喜地乐过了头；遇上难事，不要哭天抹泪乱了方寸。男人，男人，在这世上就不能怕难。不管遇上多难的事，也要挺直腰杆往过闯，千万不要让事情把人吓爬下了。过去我们打仗是这样，现在你们学习是这样，往后要是遇上别的难事，更得这样……"

没有多少文化的父亲那天讲的这番话，句句充满了人生的哲理，那是老人家几十年跌打滚爬悟出来的真谛。这些话，金海全记在了心里，路还长着哩，不定甚么时候也许就会用上。

影响金海的另一个人是他的老乡，那人叫贺希格巴图。

贺希格巴图生于一八四九年，卒于一九一七年，是蒙古族著名的乡土诗人、文学家、史学家。他一生写了很多诗歌、散文，创作了十几部书。他通过诗歌，讴歌劳动人民反抗压迫、争取自由的斗争精神，谴责封建统治的黑暗与不公，被鄂尔多斯人称为乌审旗第四次"独贵龙"运动的"杰出诗人"、"勇敢歌手"和"号角手"。进入晚年后，贺希格巴图编写了大量的史略和汉族文学作品，在继承和发扬古代文化方面做出了很大贡献。

贺希格巴图也是乌审旗人，他的出生地就在沙尔利格苏木包日呼德嘎查一个叫和硕柴达木的地方，离金海的出生地达来柴登不算远。贺希格巴图的父亲叫热布杰，是一个贫苦的牧民，一直给王公贵族放马牧羊，贺希格巴图从懂事起就跟着父亲在王爷家揽羊放犊。王爷见他聪明好学，就让他一边劳动，一边陪着自己的几个孙子读书，这使他把《智慧之钥》、《伊金桑》、《圣主箴言》、《三字经》之类的书籍背了个滚瓜烂熟，粗通了蒙、藏、汉三种文字。十四岁那年，王爷索性让他做了府里的文书，王府来来往往的一应信札都由他草拟、誊写，王爷外出应酬也经常把他带在身边。贺希格巴图从此视野渐宽，接触到了多个层次的人物。据说他的文学创作就是从这个时候开始的，主要是诗歌和散文，大多以青年男女的爱情为主题。

乌审旗蓬勃发展的"独贵龙"运动给进入中年的贺希格巴图思想上带来了极大的飞跃，他的讴歌对象也将随着发生了很大变化。这个时期他创作的《乌审"独贵龙"》、《迎接好时光》、《呈给席尼喇嘛》等诗篇，反映了"独贵龙"运动的真实场景，记载了劳动群众在三座大山压榨下奋起反抗的悲壮场面。

晚年的贺希格巴图对蒙、藏、汉三种文字已经到了精通的程度。这个时候的"独贵龙"运动已经被镇压下去，因为当初赞扬过"独贵龙"，他被撤职回家。回到家乡后的贺希格巴图，一边著述，一边行医，闲暇之时还给乡间的孩童们教些诗歌。这期间，他编写了历史文献《古今宝史纲》，编写了《浅意蒙文词典》、《善语百诗》、《天地四洲》，还把古典名著《三国演义》改编成了朗朗上口的长诗。

贺希格巴图是蒙古人当中的"文豪",是毛乌素沙漠中走出来的"人杰",整个乌审旗人,特别是沙尔利格人,都为家乡出了这么一位人物而骄傲。

我们的金海更把贺希格巴图当成了自己的"偶像"。

金海是在沙尔利格学校读书时听说贺希格巴图这个人的。他首先接触到的是贺希格巴图的诗作,是用蒙文写的,太美了!金海第一次体验到了什么叫"爱不释手"。当他听说诗歌的作者就是乌审旗人、就是沙尔利格人时,越发惊奇了!从此,他开始痴迷地找寻贺希格巴图的作品,探询贺希格巴图其人。在这个过程中,他亲眼看到了人们在谈到这位大文豪时那种崇拜的眼神、那种爱戴的表情、那种赞赏的语调,从这种眼神、表情和语调中,他掂出了贺希格巴图在人们心中的分量!也就是从那一刻起,金海在自己心里暗暗发誓:"此生就以贺希格巴图为榜样,像他那样学习,像他那样著述,像他那样拼搏,学会多种语言,掌握广博知识,做一个对老百姓有用的人,对社会、对历史有贡献的人,家乡人民世世代代喜爱的人!"

他发现,自己和贺希格巴图在好多地方一模一样——家境一样的贫寒,地位一样的低微,老人一样的无助。他也有贺希格巴图比不上的地方——他可以像小鸟一样自由、平等、无忧无虑地生活,不必像贺希格巴图那样寄人篱下、饥寒交迫;他可以像别的孩子一样在校园里幸福地生活、快乐地学习,不必像贺希格巴图那样受制于人,过那种身不由己的日子。他决心像贺希格巴图一样,凭那股顽强的毅力,靠那种不懈的追求,长年奋斗,长年苦读,由此而抵达理想的彼岸……

"有志者立长志,无志者常立志"。金海就是个"立长志"的人,一旦立志，终身不改。他不像有些人，成天"信誓旦旦"，老说"志存高远"，就是不去践行，不去兑现，最终一事无成。

金海的志向是存在心里的，很少对人言说。立志的时候不说，立志以后也不说；践行的时候不说，志向实现以后还不说。他自己虽然不说，细心的人们还是能从金海的足迹中探寻到他的心迹，找到深藏于他内心的志向。

我们不妨找找看——

小学毕业后，金海不是自愿降了两级，从蒙文班转到汉文班，跟比他小两三岁的低年级同学从头学的汉语么？这件事当时好多同学不理解。后来人们弄明白了：金海这是向他的偶像学习，为的是既懂蒙语，又懂汉语，将来做一个蒙汉皆通的有用人才。

入夜之后，金海不是经常抱着本书，跑到沙尔利格街上的路灯下苦读么？他还经常把有用的知识、著名的诗词一句一句地摘抄在小本上。为这事，有些同学奚落过他、嘲笑过他，后来人们弄明白了：金海这是在向他的偶像学习，聚少成多，积累知识，为的是使自己尽早成为学识渊博的人。

放假之后，同学们大多像山坡上的小马驹一样颠着跑着撒欢去了，他却提着镰刀、扛着锄头，跟大人们一道去生产队劳动。那年放了暑假，索性留在沙尔利格学校，脱了一假期土坯。当时人们都以为他这样做就是为了挣俩小钱，后来人们弄明白了：金海这也是在向他的偶像学习，孝老敬亲，替长辈分担压力，为的是尽早承担生活重担，培养自己的独立人格和自立能力，为将来正式走向社会铺路搭桥。

有一段时间，金海像是着了魔似的没命地收集乌审民歌。后来他简直成了乌审旗的"曲库"，凡是乌审民歌，劳动的、爱情的、民俗的、逗趣的，没有他不会的。人们见他这样，以为他想当民间艺人，要往文艺这条路上发展。后来人们弄明白了：金海还是在向他的偶像学习，走的还是贺希格巴图的路。

高中毕业后，金海背着铺盖卷回到了达来柴登，几个月后他就进了大队的民办小学，当起了民办教师。别人当民办教师，是为养家糊口，他却把它当作一件善事来做，当作一项事业来干，那份投入，那份敬业，是好多人比不了的。人们不明白这个二十多岁的"回乡青年"心里是咋想的。后来人们弄明白了：金海这样做，还是受了他的偶像影响——晚年的贺希格巴图，就是一边行医、一边著述、一边任教的。念了十三年书、装回一肚子学问的金海认为：在乡间，唯有教书才能给自己的学问找到些用场，否则，岂不枉费了他十余年的苦读？

……

好了，这些都是过去的事了。

如今的金海已经进了内大。内大是什么地方？是内蒙拔了头名的高等学府，在全区所有大专院校中，是绝对要坐第一把交椅的。金海成了内大的本科生！

这可是他的偶像远远不及的。贺希格巴图当年哪能来到这样的地方？

一想到这些，金海就觉得自己很幸运：赶上了恢复高考后的第一批招生，赶上了改革开放后的好年代。他觉得，自己有一千个理由拼命地读书，而没有半点理由浪费青春、虚度岁月。好些人说，年轻人最富足的就是时间，可以大把大把地挥霍，在金海这里恰恰相反，他觉得自己最不够用的就是时间。在时间的摆布上，二十三岁的金海像个吝啬到极点的小气鬼，他在一点一点地抠，一分一分地挤，有时恨不得把一分钟当成几分钟来用。

……

金海如此地发奋读书，如此地顽强拼搏，背后起推动作用的就是他的父亲，就是他最崇拜的贺希格巴图。他不能再像父亲那样窝窝囊囊地活一辈子，他要像贺希格巴图那样，用有限的生命，为家乡、为人民、为社会尽可能地多做些有益的事情。为了实现这样的抱负，他就得发奋苦读，就得顽强拼搏，舍此而无它途。心中的这个志向，就是他这辈子始终追求的目标；他的父亲和他的偶像，就是他这辈子顽强拼搏、不懈奋斗的不竭动力。

凭着这么一股顽强的毅力，凭着这么一股苦读的精神，在内蒙古大学这所高等学府里，我们的金海一定会成为一位出类拔萃的人物。

我们翘首以待！

第二章
热 恋

- 你能做我的妻子吗
- 头一回约会就哭了个一塌糊涂
- 青冢畅想曲

4. 你能做我的妻子吗

时间过得好快，转眼之间，七七级学生已经进入大三了。

和班上的好多同学一样，从大三的第一学期开始，我们的金海也坠入了爱河。

金海看上的姑娘是他的同班同学，叫林娜——对，就是报到那天在楼门口遇见的那位姑娘，一位来自呼伦贝尔的鄂温克少女。

班上统共就十个女同学，林娜是她们当中最有个性、最活泼好动的一个，她喜欢唱歌跳舞，性格又随和，和同学们都相处得不错。

金海的求爱信号是通过一张二指宽的纸条明白无误地直接传递给林娜的。

那是一个周末的晚上，正上晚自习的时候。金海破例地早走了一会儿——往常，他总是很晚才离开教室。

从林娜身边经过的时候，金海的右手在林娜的课桌上不经意地轻轻摁了一下，头也不回地走了。

林娜抬头看了眼他的背影，再看他摁过的地方，竟发现了一张小小的纸条，上面是一行用蒙古语写下的句子：

"你能做我的妻子吗？"

林娜再次抬头看时，金海已经出了教室。

二十五岁的林娜还是头一回遇上这样的事！她感觉自己的心像要跳出来一样，脸也火辣辣的。她赶紧把纸条夹到课本里，然后，拿眼朝前后左右扫了一遍，见同学们都在埋头读书，没有谁注意她。林娜这才松了口气，脸也不像刚才那么烫了。

但是书却再也看不进去了，一个字也看不进去了。直到下了晚自习，回了寝室，上了床，钻了被窝，她的眼前也还是那张二指宽的小纸条，还是那句不加任何掩饰的热辣辣的话……

林娜是在呼伦贝尔盟最东边的鄂伦春旗出生的。那地方叫小二沟，是当时的旗府所在地，森林特别多。正因为生在那样一个地方，父亲给她起了个漂亮的名字——"林娜"——森林的女儿！

新中国成立前，她的父亲就是乌兰浩特部队医院的一名医生，她的母亲是阿荣旗的一名土改干部。一九五一年，俩人响应党的号召来到刚刚成立的鄂伦春自治旗，四年后生下了林娜。林娜两岁那年，父母又带着她回到了自己的家乡——鄂温克自治旗。

鄂温克，译成汉语就是"住在大山里的人们"。而林娜的家乡却没有大山，只有一条很有名的河叫辉河，辉河岸边有个苏木叫辉苏木，她们就住在这个苏木上。她的爸爸是苏木医院的院长，她的妈妈是苏木供销社的主任。小林娜就在这里一天天长大。

林娜小学四年级的时候，"文革"开始了，学校乱套了，课也上不成了，每天就学毛主席语录。有一天，一个高年级的同学从海拉尔回来，说那里的学校还能学到知识，还有课本。林娜一听，羡慕死了，这个大胆的姑娘就约了同班的两个女同学，三个人带着行李，找了辆顺路的汽车，要去海拉尔上学。鄂温克旗的旗府所在地叫南屯，就在海拉尔的南边，离海拉尔只有几公里。而林娜她们住的辉苏木是鄂温克旗最偏远的一个苏木，离海拉尔有三百多公里。三个小姑娘在汽车上整整颠簸了一天一夜，第二天上午才到了海拉尔，找到了那所学校。可是，人家说什么也不接收。三个人对学校的领导说："我们跑了几百里路，好容易来了，再回也回不去了。你们想想办法，把我们收下吧，我们一定好好学习。"弄得学校领导也没有办法，只好把她们收下。

一九七四年林娜高中毕业的时候，她的父亲已经从辉苏木调到了南屯，成了旗医院的院长。那时候的中学毕业生，人人面临着上山下乡。作为干部子弟，林娜义无反顾地报了名，去了南屯公社下面的一个生产队。那是全公社最穷的一个生产队。一辆勒勒车把她直接拉到了牧业点上。那年她十九岁。

她在这个牧业点一干就是四年，一直没有离开。

"当时真是太积极了！"三十多年后，已经五十多岁的林娜对我说，"十几岁的大姑娘，根本不懂得打扮，就穿那么一件白茬子蒙古袍，还是我大弟弟的，又短又瘦，半个胳膊在外边露着，腰里系了一根绳子，像个愣小子似的。就那也不觉得冷。每天早晨四点多就起来了，挤牛奶，一挤就二十多头。挤完奶，放羊。放羊得骑马，那马骑得像飞一样，连鞍子也不备。成天就那么一副愣头青的样子，当地牧民都叫我'假小子'。"

"因为表现积极，社员们选我当了生产队的妇女主任、牧业队长，南屯公社不脱产的团委副书记，旗里的学大寨先进个人、'三八'红旗手，全盟的先进知青……因为我是鄂温克人，一九七七年冬天，旗里还要送我去黑龙江省团校参加培训，准备回来以后做专职团干。正这时候，我父亲给我捎来一张纸条。纸条上的内容我现在还记得清清楚楚——"

听说国家要恢复高考。你们的好多同学正在复习,你也尽快回来参加考试吧!

"看完父亲的纸条我再也待不住了,当天就捆上自己的行李,套上勒勒车,从牧业点回到了生产大队,找见了大队支书。我给支书看了父亲捎来的纸条,告诉他想回去参加高考。原以为支书会阻拦的,没想到比我还痛快。支书说:'走吧,这几年你在这儿吃了不少苦,做了那么多工作,一个女孩子家,确实不容易。这回正是个机会,到大学学上几年,将来就可以到大地方去工作了!'有了支书的支持,我连夜赶回了旗里。"

"一进家,爸爸就对我说:'海拉尔一中办了个补习班,你们的好多同学都在那儿补习呢,你明天就去吧!'第二天,我又回到了自己的母校。一打听,补习班已经办了好长时间了。我听了半天课,根本跟不上,就找过去的老师要了些复习资料,索性回家复习。"

"复习了不到一个月,就开始正式高考了。再丑的媳妇也得见公婆,我是硬着头皮走进考场的。好就好在大多数考生也跟我大体相当。我自己还有个优势,那几年在乡下经常参加各种会议,写个发言稿呀,拉个工作计划呀,始终没把笔扔掉。有这个优势,我至少对语文试卷不怵头。事实上,我后来被录取,主要就是靠语文拿的成绩。当时的作文题好像是《当我们唱起〈东方红〉的时候》。我写得很顺手。到底写了些什么,现在早忘了。张榜公布后,我的名字出现在上面,当时高兴坏了!别的同学的录取通知书早就收到了,就我没收到,一天天地等,一遍遍地问,怎么也等不来,把我急得!春节过后,再到邮局去查,他们才从抽屉里翻出来,是内大蒙文系。"

"这中间还有过一段插曲，挺有意思的。听人们讲，我原本是被录取到中央民族大学的，后来被人调了包。谁调的，怎么调的，人们说得有鼻子有眼儿。当时我为这事还专门去了趟哈尔滨，找到了黑龙江省招生办的人。人家说：'你讲的这事不大可能有。即便有，现在也不可能纠正了。七七级的招生已经结束，学校马上就要开学了。你，认命吧！'我就这样去了内大蒙文系。"

"要不是有人从中捣鬼，我根本不可能来内大，不可能认识金海，更不可能和他相恋。那样的话，这辈子走的就完全是另外一条路。冥冥之中，是谁在乱点鸳鸯谱呢？"

林娜最后这样说，带出了几多埋怨，几多无奈。

是的，命运这东西，真是个十足的"促狭鬼"，专在那里捉弄人。多少无辜的善良人，被它折腾得颠三倒四，稀里糊涂，你说可恨不可恨？不过，话说回来，假如没有人们传说的"调包"那件事，我们的林娜可能就去了中央民族大学，她就不会与本书的主人公金海相识，那样一来，这本书又该如何往下写呢？

……好了，闲言少叙，我们还是书归正传，回到一九八〇年初夏那个周末的夜晚去！

5. 头一回约会就哭了个一塌糊涂

此刻，金海与林娜都已经回到他们居住的一号公寓楼。蒙文系的学生都在这座楼里住着，男生住在一楼，女生住在三楼。住在一楼的金海把那张纸条送出去后，就像完成了一项重大任务似的放放心心地睡了，睡得竟是那样的香甜。而收到纸条的林娜，却翻来覆去睡不着。

这位在广阔天地里摸爬滚打了整整四年、如今已经长到二十五岁的鄂温克姑娘，头一回失眠了。

说起来，那个从西部区来的名叫金海的男同学，在林娜的脑子里印象并不坏。开学那天，他俩就认识了，让她印象最深的是他身上那股带着泥土气息的淳朴味儿。几天后，他俩又有过一次接触。那天，林娜陪着妈妈从街里回来，刚进内大东门，迎头就碰上了金海和另一个男同学。金海很有礼貌地向她们母女俩点了点头，又极文雅地招了招手。当时，他们还叫不来对方的名字，但都知道是一个班的同学。那天，妈妈还一个劲地夸金海："到底是大学生，打个招呼都这么得体，让人看了怪舒服的。"从这儿开始，两人就算认识了，什么时候见了，总要客客气气地打声招呼。

没过多久，林娜就听说，这个金海是班上学习特别用功的一个。学习刻苦是他们七七级学生共同的特点，而金海则是七七级学生中出了名的。

让林娜更感兴趣的是，金海不光在学习上用功，在文体方面也相当出色。别看他学得那么晚，早锻炼几乎天天不落。他还喜欢跑步，跑完了还要打羽毛球、打排球；冬天在滑冰场上也是很活跃的一位。

林娜发现，金海老爱穿一双"回力"牌球鞋，她知道，他这是为了跑步、锻炼，参加班上的各种体育活动。她还发现，金海身上的衣服不怎么换，老是那身已经洗得发了白的涤卡做的军便服，里面是件白的确良衬衫。衣服虽然旧，甚时候也是洗得干干净净的，穿得整整齐齐的，显得利利索索、精精神神。不像有些男同学，老是邋里邋遢、脏了吧唧的，衣服倒是不错，就是懒得洗，背上尽是汗渍形成的地图一样的白印儿，从你身边路过，总有一股发了馊的难闻的气味。金海就没有，什么时候都是清清爽爽的，加上他本身就白白净净、文质彬彬、风度翩翩，所以更招人喜欢。这就是金海在这位姑娘心中留下的印象。

有这么好的基础在这儿放着呢，林娜接到金海的求爱信后，你想她能拒绝吗？

正因为有这个把握，我们的金海把鱼钩甩出去之后，像个沉稳的垂钓者一样，该干什么还干什么去，根本不去惦记鱼儿会不会咬钩，什么时候咬钩。

倒是林娜自己沉不住气了，她觉得应该给人家一个答复，就是不知道该怎么答复，什么时候答复，弄得心里惶惶的。她又想见金海、又怕见金海，不知道见了该怎么说。

就在一间教室上课、一个食堂打饭、一座公寓住着，咋能不见呢？迎面碰上以后，林娜拿眼偷偷地瞟过金海，发现那家伙根本就不看她，好像压根儿就没发生过什么事儿，显得林娜倒像自作多情似的。有过这么几次之后，林娜索性也就不理他了。

时间就这么一天天过去。

又一个周末到了。还是那个时间，还是那个地点，还是那种方式，又一张纸条摁到了林娜的桌上：

"明晚七点，二毛礼堂上映电影《红楼梦》。票已买好，六点半在校园南门等你。"

没有一点商量的意思，没有一点回旋的余地，完全是命令主义。

"这人咋这么霸道？"林娜一边这样想，一边迅速地把纸条装进了衣兜。

星期天下午的饭开得比平时早，四点开，不到四点半就吃完了。看看表，离约定的时间还有两个小时。林娜想再看会儿书。可是她哪能看得进去？眼睛在书上一行一行地扫着，心却不知跑到哪里去了，整整半个钟头,愣是一个字也没看进去。她把书往床上一扔,索性不看了。

林娜打开从海拉尔出发时爸爸专门为她买的衣箱,她要为自己选件可心的衣服。头一回约会,一定要把自己打扮得更漂亮些。

如今的林娜跟两年前在前进大队牧业点上穿着白茬子蒙古袍挤牛奶的那个下乡女知青完全不同了,你根本看不出当年那个骑着马在草原上飞一般疯跑的"假小子"的一丝痕迹,姑娘爱美的天性回归到了她的身上,我们的林娜开始注意打扮了。

她心灵、手巧、爱打扮。那年头商场里的衣服款式单一,林娜能看中的并不多,于是她就买了布料自己裁剪,即便是买回来的成衣,她也要依着自己的心意再修改一番才肯上身。经她改过的衣服穿在身上竟是那样地合身、那样地得体、那样地入时,谁见了谁说好。林娜穿衣服讲究个性,爱夸张,那个年代就能穿一身花花的衣服。入学后,她的脸也渐渐地白了,不再像从前像个藏族姑娘似的黑里透红。她虽然个头不高,但活泼、喜庆,打扮起来,一副小巧玲珑、小鸟依人的模样。

林娜是六点半准时去到校门口的。她这人心诚、实在,与人相处不喜欢拿捏。她去的时候,金海已经在那儿等着了。尽管脚上还是那双回力鞋,身上还是那身军便服,但从那白白净净的领口上,从那齐齐整整的发型上,看得出来,小伙子还是作了番精心的梳理打扮。而且,林娜还从他身上闻到了一股淡淡的香皂的味道。

"就走着去吧,也不远,还能说说话。"金海对林娜说。

"行。"林娜一边点头一边说。不知为什么,她觉得自己竟然有些慌。

"读过《红楼梦》原著么?"俩人在人行道上并排走着的时候金海侧过头问。

"没。"林娜老老实实地回答,她确实没读过。

"应该读,尤其是咱们这些研究语言文学的,不可不读。《红楼梦》,是真正的文学巨著,它的作者曹雪芹是真正的文学巨匠。在中国文学史上,至少在长篇小说这个领域,绝对该坐第一把交椅,谁也超不过它。连毛主席都说它是研究中国封建社会的大百科全书。"金海滔滔不绝地说。

见他把这部文学名著讲得如此津津有味,林娜愈觉得她的这位同学学识广博,见解独到。她问金海:

"你一定读过了?"

"读过两遍了。头一遍是上高中的时候,第二遍是上大一那年。最近不是放这部电影么,我想再读一遍。以前是借别人的,人家催得紧,来不及细读。去年中外名著重新出版,我自己买了一套,这回就可以细品细读了。你也读吧,只要钻进去,一定会爱不释手的。"

说着话,金海从随身背着的草绿色帆布挎包里取出来,递到林娜手里。

林娜接过来一看,正是《红楼梦》的第一册,人民文学出版社一九七九年版,尽管金海已经看过了,书依然簇新簇新的。林娜十分爱惜地翻了翻,见二毛礼堂已经到了,就把书还给金海:"书先放到包里,今晚散了电影回去就看!"

金海买了两根小豆冰棍,一边往林娜手里递一边很认真地问:

"带手绢了吗?"

"带手绢干什么?"林娜有些不解。

"小心一会儿哭鼻子。"

"至于嘛?"

"你现在嘴硬,一会儿林娜就变成'水娜'了……"金海一边找座位一边对跟在身后的林娜说。

当年的牧业队长,战天斗地的"铁姑娘"哪能服这个软,临往下

坐,还朝金海这边硬硬地回了一句:

"骑驴看唱本——走着瞧!"

还真让人家金海说中了,林娜果然哭了个一塌糊涂!

起先她还能撑着,等演到林黛玉在潇湘馆里焚诗稿的时候,就再也撑不住了,泪滴像断了线的珠子,一颗接一颗地往下掉。再到宝玉哭灵那一段,索性泪如雨下、泣不成声了。她那块巴掌大的花手绢,如何能够盛得下如此多的眼泪?听得这边动静越来越大,坐在旁边的金海只好把自己那块叠得方方正正的花格大手绢递过来,算是给她那些泪水寻了个去处,要不全洒到裙子上了。

……这就是他俩的第一次约会。许多年后,林娜还跟金海翻老账:"别人谈恋爱,都是花前月下,柔情蜜意;你倒好,头一次约会,就让我看中国头一号的悲剧,把我这么个从来不识愁滋味的人,搞得凄凄惨惨、悲悲切切!"

一周之后,他俩又看了一场电影,是日本电影《望乡》,看得同样不轻松。从电影院出来,两个人的心都沉甸甸的。

在回内大的路上,林娜对金海说:"往后再不跟你看这种电影了。看电影本来图的是个轻松愉悦,你是专拣悲的看,专拣苦的看,这叫什么?叫自寻烦恼!"

金海却不这样看。他对林娜说:"我的观点跟你正好相反,我觉得这两部电影都值得看。主题虽然沉重了些,但都是我们民族、我们社会,再往大说,整个人类绕不开的主题。特别是今天看的《望乡》,它主题厚重,蕴含丰富,能够激励人们对几十年前的那段历史,对给各国人民造成无数灾难的那场战争进行反思,这么好的电影还不值得看么?"

"刚才在电影院,你猜我想了个什么问题——将来毕业后,如果有条件我还真想静下心来,钻到故纸堆里去,专门研究咱们的近现代史。实话跟你说,这个想法不是刚才产生的,那天听郝维民老师讲近现代史,就萌生过这样的念头。"

在内大门前那条笔直的林荫道上,在一盏盏略显昏黄的路灯光下,在越来越浓的夏日的夜色里,蒙文系的这位高材生对他的恋人这样说。他期待着林娜的理解和支持。没想到,林娜不轻不重地给他兜头浇了瓢凉水:

"你这人,吃着碗里的,看着锅里的,胃口咋这么大?又要搞文学,又要搞史学,究竟搞哪个?人的精力就这么多,终不能一掰两半儿吧?"

6. 青冢畅想曲

那个年代的年轻人谈恋爱,除过看电影、逛公园,再没多少去处。有的人喜欢下饭馆、逛商场,我们的这两位主人公,一则不具备那个经济条件,即便有条件,他俩也不愿意把宝贵的时间无端地耗费在吃吃喝喝这样的琐碎事情上去。因此,他俩的去处就更少。

有一天,金海突发奇想,他要带着林娜去郊游,这正对了林娜的心思。这位在呼伦贝尔草原上长大的"森林的女儿",对田野、村庄、河流、牛羊,有一种与生俱来的亲近感。这两年,成天在内大校园里,实在憋屈得难受,一听说要到郊外去,竟孩子般地欢快地叫起来。

那是个星期天,俩人一大早就出发了,骑着两辆自行车。金海原准备就骑一辆,他带着她,林娜不干。这个小学四年级就离开父母独自在外闯荡的"野姑娘",自立惯了,不喜欢对任何人有依赖。她不愿意像别的姑娘那样坐到自行车的后架上,把手揽在恋人的腰上,依依偎偎、缠缠绵绵地前行;她愿意像草原上的姑娘小伙儿一样,骑着各自的骏马,飞一般地并驾齐驱。

出城后,他俩沿着南郊那条浓密的林荫道,从南茶坊一直向南骑去。他们过了小黑河,过了大黑河,一直来到那座被人称作"青冢"的昭君墓。

上世纪八十年代初,在普通百姓思想上,旅游这个概念还没有建立起来,即便是节假日,像昭君墓这样的地方,也是游人极少。金海和林娜要的就是这份幽静,要的就是这份自在。他们把自行车锁好,背着装满食物的挎包,手拉着手,迈着悠闲的步子,拾级而上。

他们先是来到董必武的诗碑前,上面刻着老人家那首脍炙人口的名篇:

> 昭君自有千秋在,
> 胡汉和亲识见高;
> 词客各抒胸臆懑,
> 舞文弄墨总徒劳。

这是董必武一九六三年来这里时留下的墨迹,从此确立了人们对两千年前这位从内地和亲而来的汉族姑娘的评价。

金海还在诗碑前静静地沉思、凭吊,林娜却已迈着轻盈的步子,蹦蹦跳跳地一直上到昭君墓的顶子上去了。

"金桑,快点上来呀!顶上的景致好极啦!"

这是林娜在喊。不知从什么时候起她不再叫金海的名字了,另外取了这么一个不中不洋的称呼。据她讲,"桑"是日语,是"先生"的意思,"金桑"就成了她对金海的爱称。

听到林娜在喊,金海一边应答,一边也快步向顶上攀去。

顶上的景致果然好,极目远眺,可以望出很远的地方去。昭君墓下边那条直南直北的公路,就是他们来时走过的林荫道,顺着那路一直往南,过了"杀虎口",就朝着内地的方向去了。从昭君墓顶上向北望去,近处是平展展的土默川,远处是连绵不断的大青山,山川间那隐约可见的就是他们居住的呼和浩特。最好看的是近处的农田,平平整整的,方方正正的,一块一块的;颜色有浓有淡,有绿有黄,那黄的是即将成熟的小麦,那绿的是正在抽穗的糜谷,从高处望下去,是一派静谧的田园风光,是一幅天然的农耕图。

从眼前的景象,两个年轻人都想起了各自的家乡。

"我们呼伦贝尔,眼下正是最美的时候,草原绿绿的,绿得像咱们校园里的草坪;天空蓝蓝的,蓝得像是拿水刚刚洗过;羊群白白的,白得像是海里的一粒粒珍珠;小河清清的,清得像是少女的眼睛……金桑,你说美不美?"

坐在凉亭台阶上的林娜,望着陷入遐思的恋人,忘情地说。金海回过头,不相信似的问林娜:

"真像你说得这么美吗?"

"我嘴笨,不会形容,只会打比方。将来你去了,亲眼一看,就知道了。"

金海突然兴奋地站了起来,对林娜说:"你的家乡我虽然没有亲眼见过,但我从书上读到过。翦伯赞,那位著名的史学家,那年来内蒙古访问,写了篇相当优美的散文叫《内蒙访古》,他在文章中就赞美过你的家乡。我试着背两段给你听:

"当我们的火车越过大兴安岭进入呼伦贝尔草原时，自然环境就散发出蒙古的气氛。一幅天苍苍、野茫茫的画面出现在我们的面前了。"

"海拉尔虽然是一个草原中的城市，但住在这个城市里，并不能使我们感到草原的风味，只有当我们从海拉尔乘汽车经过南屯前往锡尼河的这条路上，才能看到真正的草原风光。在这条路上，我第一次看到这样平坦、广阔、空旷的草原，从古以来没有人耕种过的、甚至从来也没有属于任何个人私有过的草原。没有山，没有树木，没有村落，只有碧绿的草和覆盖这个草原的蓝色的天，一直到锡尼河我们才看到一些用毡子围起来的灰白色的帐幕，这是布列亚特蒙古族牧人的家。我们访问了这些牧人的家，在草原上度过了最快乐的一天。"

"呼伦贝尔不仅在现在是内蒙的一个最好的牧区，自古以来就是一个最好的草原。这个草原一直是游牧民族的历史摇篮。出现在中国历史上的大多数游牧民族：鲜卑人、契丹人、女真人、蒙古人，都是在这个摇篮里长大的，又都在这里度过了他们历史上的青春时代。"

……

"金桑，你背得太好了！早就听同学们说你过目不忘，记忆力惊人，若不是今天亲眼所见，我真的不敢相信。林娜今天算服了你了！"林娜两只手抓住金海的一只手，使劲地来回地甩着，表示她内心的激动。

金海谦虚地笑了笑，什么也没有说。

"你刚才背诵的海拉尔，就是我念书的地方；你背诵的'汽车经过的南屯'，就是我插队落户的地方。那里就是我的摇篮，我就是在那个摇篮里长大的，并且在那里度过了自己的青春时代。"

林娜动情地说，眼里竟流出了泪。

金海像是没有注意到林娜情绪的变化，又接着背诵起来：

"内蒙，对于历史学家来说，是一个富有诱惑力的地方，因为这里在悠久的历史时期中，一直是游牧民族生活和活动的历史舞台，而这些游牧民族的历史活动又是中国史的一个重要组成部分；有些活动，在世界史上也不能没有它们的篇章。然而，这个历史学宝库，直到现在，还没有完全打开，至少没有引起史学家足够的注意。"

"不知从什么时候起，匈奴人就进入了内蒙；到秦汉时期或者更早，它就以一个强劲的民族出现于历史。以后，鲜卑人、突厥人、回纥人，更后，契丹人、女真人，最后，蒙古人，这些游牧民族一个跟着一个进入这个地区，走上历史舞台，又一个跟着一个从这个地区消逝，退出历史舞台。这些相继或同时出现于内蒙地区的游牧民族，他们像鹰一样从历史上掠过，最大多数飞得无影无踪，留下来的只是一些历史遗迹或遗物，零落于荒烟蔓草之间，诉说它们过去的繁荣，有些连历史的遗迹也没有发现，仅仅在历史文献上保留了一些简单的记录。但是这些游牧民族在过去都曾经在内蒙地区或者在更广大的世界演出过有声有色的历史剧；有些游牧民族，如十三世纪的蒙古人，并曾从这里发出了震动世界的号令。"

"两千多年的时间过去了，现在，内蒙地区已经进入了历史上的新世纪。居住在这里的各族人民，蒙古族、达斡尔族、鄂伦春族、鄂温克族等等，正在经历一个前所未有的伟大的历史变革，他们都在从不同的历史阶段和不同的生活方式，经由不同的道路走进社会主义社会。例如蒙古族是从以游牧为主要生活方式的封建社会走进社会主义社会的；鄂伦春族和一部分鄂温克族则是从以狩猎为主要生活方式的原始共产主义社会末期走进社会主义社会的。很多过去的牧人、猎人，现在都变成了钢铁战士。条条道路通向社会主义社会，在这里得到了最具体、最生动的说明。"

"恩格斯说：'世界史是最伟大的诗人。'我们在内蒙地区看到了这个最伟大的诗人的杰作。出现在这个杰作中的不是莺莺燕燕，而是群鹰搏击，万马奔腾。在世界文学的文库中，哪里能找到这样波澜壮阔、气势豪放的诗篇呢？"

金海终于结束了背诵。此刻，他多像一位浪漫的诗人在吟诵自己称心的诗作，如此地激动不已，竟致忘记了身边的恋人。受他的感染，林娜也完全进入了他营造的氛围，两眼出神地望着他，随他一起激动，跟他一起兴奋……

半晌，金海才渐渐地平静下来。他握着林娜绵软的小手，一字一顿地说：

"林娜，我真为我们能生活在今天这样一个好的时代而感到庆幸。我们不能辜负了这个好时候。还是上回说过的那句话：毕业以后，只要有可能，我还是要钻进故纸堆里去，打开历史学的宝库，研究游牧民族的历史，给我们的后人一个像样的交代。林娜，你愿意跟我一起干吗？"

林娜笑了，笑得那么动情，笑得那么妩媚，她没有正面回应，而是巧妙地转换了一个话题：

"金桑，我肚子饿了，能不能打开你的行囊，先解决一下肚子的问题？"

这句话说得金海也笑了，他对林娜说：

"这里风太大，咱们下去吃吧！来的路上我就看好了，就到大黑河的河湾里去吃。那里有哗哗的流水，岸边有青青的小草，草滩上有白白的羊群，你一边吃，我一边给你唱我们家乡的民歌！好不好？"

"好！"林娜欢快地回应着："这还差不多，要不尽听你发思古之幽情了。"

俩人像来时一样，手拉着手向下面走去。

第三章
留 校

- ⊙ 跟"死人"打交道你乐意吗
- ⊙ 一辈子的大事,本该办得圆满些
- ⊙ 搞历史,全凭史料说话

7. 跟"死人"打交道你乐意吗

郝维民老师想把正读大四的金海调到他的身边来，调到筹建中的内蒙古近现代史研究所来。

上世纪五十年代末，内大就从内蒙古的近现代史入手开始研究蒙古史了。最初成立了蒙古史教研室，后来改成蒙古史研究室。当时只有四个人，后来逐步形成了一支实力较强的蒙古史研究队伍。这里边有两个重量级人物。一个叫史筠，湖南人，是内大的教务长，兼研究室主任，是《内蒙古革命史》的第一任主编。这人可以说是内大蒙古史研究的奠基人，是一位值得称道的同志，郝维民就是他手把手带出来的。再一个叫特布信，一位资格很老的干部，一九五七年让打成了"右派"，被安排到蒙古史研究室专门研究内蒙古的近代史。这人后来成了内大的党委书记兼校长。在这两位面前，郝维民当时还是名副其实的小字辈，一个刚参加工作的年轻人。

研究室一组成就干了件动静很大的事：编写《内蒙古革命史》。内蒙古党委为此专门成立了编委会，主任是吉雅泰，当时的统战部长；副主任是胡昭衡，当时的宣传部长；两人都是内蒙党委常委，核心层的领导人物。编委会下面设立了一个办公室，主任是内大的副校长勇夫，副主任就是史筠，郝维民是办公室秘书。当时组成了庞大的编写阵容，光是参加编写工作的就有一百七十多号人，他们大都是从内大、师大抽出来的老师和学生。这么多人紧锣密鼓地干了四个多月，征集了上千万字的资料。在这个基础上，由史筠担任主编，很快拿出了初稿。乌兰夫还专门接见了史筠、黄时鉴、郝维民等编写组成员，向他们讲了内蒙古革命史上的若干重大问题；奎璧、吉雅泰、胡昭衡等同志对这个初稿逐章逐节地审核，而后修改并以"试版"的形式由内蒙古人民出版社印了三十二本，在很小的范围内征求意见。在这之后，研究室又编写了《内蒙古史纲》，这实际上是编写《内蒙古通史》的开端。当时，离内蒙古自治区成立二十周年已经不远了，他们是把这两本书作为向自治区二十年大庆"献礼"的图书来编写的。

可惜，一场"文革"使这两本书的编写工作被迫中断，参与编写的主编及主要编写者也一个个横遭厄运，历尽坎坷。

"文革"结束后，随着形势的好转，《内蒙古革命史》、《内蒙古通史》的编纂又重新提上日程，而此时的蒙古史研究室早已不是当年的模样。原先搞革命史研究的那些人，这几年调走的调走，改行的改行，原班人员就剩下了特布信和郝维民。特布信已经是内大的党委书记兼校长了，根本顾不上再像从前那样具体干这个事，光郝维民一个，确实独木难支。

一个偶然的机会，时任内蒙古党委宣传部部长的潮洛蒙见到了郝维民，他们很熟，一交谈，潮洛蒙才知道内蒙古革命史研究成了这个样子。如此势单力薄，如何来承接越来越重的研究任务？宣传部当即决定成立《内蒙古革命史》编写组，由特布信和郝维民分别任正副组长，恢复编写工作。此后，自治区党委根据内大的报告，在书记办公会议上批准成立"中共内蒙古地区党史研究所"，由内大和内蒙古党史资料征集委员会双重领导。后来又正式命名了"内蒙古近现代史研究所"，与《内蒙古革命史》编写组一套人马两块牌子。从此，《内蒙古革命史》编写组、内蒙古近现代史研究所就从蒙古史研究室分离了出来。

机构明确了，人员从哪来？特布信校长给郝维民指出两条途径，一条是招收研究生，一条是从在校的大四学生中挑选。

一听说招收研究生，郝维民笑了，他跟特布信校长说："你这尽是开玩笑！招研究生得具备带研究生的资格呢！从你来说，不过是个讲师；我呢，连讲师都不是，仅仅是个助教。助教带研究生，传出去岂不让人家笑掉大牙？"

特布信说："这个你别管。具体情况具体对待。你把咱们近现代史的研究方向、研究现状如实报上去，我相信上边会考虑的！"

郝维民按特校长的意见写了报告报了上去，没过多久上边果然批了。这样，他俩就开始带研究生，自己培养研究人员。郝维民一次就招了两个。

再一条途径就是从校内文科高年级学生中物色对象，准备选留。因为要研究内蒙古的近现代史、内蒙古的党史，研究人员必须懂蒙语，所以首先要从蒙语系蒙汉皆通的学生中挑选。郝维民把目光放到了七七级蒙古语言文学班。

那个班大三的时候，他就给讲过内蒙古革命史，对班上的情况比较熟，尽管是选修课，同学们那股如饥似渴地学习劲头还是给他留下了很深的印象。特别是那个叫金海的蒙古族同学，还有一个叫白俊瑞的回族同学，听课时那副专注的样子，听到要紧的地方还不住地点头，郝维民记得特别清。课间休息的时候，那两个学生老是围着他问这问那，对历史学表现出浓厚的兴趣。现在挑选研究人员，郝维民首先就想到了他们两个。他找那个班的班主任侧面了解了一下。班主任说："这两个学生很不错，蒙汉语的基础都很扎实，知识面也宽，更主要的是做学问实在，不飘，是研究史学的好苗子！就看他们自己乐意不乐意吧！"

听完班主任的介绍，郝维民越发迫不及待了。他当即找到金海，告诉他下午到家里来，有件事情要跟他谈。

在去郝老师家的路上，金海的心里还直打鼓，不知道这位讲历史的老师找他有什么事。

郝维民把事情的来龙去脉详详细细地讲了一遍，末了，他又说：

"你虽然是学蒙古语言文学的，但我发现你对历史很有兴趣，知识面也比较宽。如果愿意留在内大从事内蒙古近现代史研究，我就向校领导推荐，想办法把你留下来。今天请你来，就是想听听你的意见。这件事涉及你今后几十年的人生走向，在你来说是件大事，不必马上答复。回去仔细地斟酌一下，跟别的老师、跟要好的同学、包括你的父母都商量商量，听听他们的意见，商量好了，再来告诉我……"

"不必了，郝老师！"金海从沙发上站起来，很有礼貌地对郝维民说，"我现在就答复您：我愿意！同时我也感谢老师对我的一片厚爱。"

"金海，不要这么急，你先坐下，听老师跟你说。"见金海这么干脆痛快，郝维民反倒有些不安。他像父亲似的按着金海的肩膀让金海重新坐下，然后说，"搞史学跟搞文学不一样，成天得往故纸堆里钻，再说得难听点，就是跟'死人'打交道，很枯燥，很乏味，你得守得住清贫，耐得住寂寞，得准备着把研究室的椅子坐穿！所以，一定要仔细权衡，反复掂量，真正想好了再告诉我！"

"不必了，真的不必了！"金海还是那句话，一边说一边又站起来："老师，今天就说定了吧，我是从沙漠里出来的，是牧民的孩子，能耐得住寂寞，能吃得了苦。既然走这条路，我金海终身不悔！"

"那好吧！"郝维民说，"你的事儿咱们就谈到这儿。你告诉白俊瑞，请他也来一趟。"

当天下午，金海就领着白俊瑞来到了郝维民家。郝维民把先前的那番话又给白俊瑞讲了一遍。白俊瑞十分明确地表示：

"老师，我还是想搞语言，这倒不是说历史不重要，主要是我对语言文学的兴趣好像更大些，请老师理解，学生辜负老师的期望了……"

"俊瑞，不要这么说。老师能理解，老师也尊重你的选择。"郝维民一边说一边示意白俊瑞坐下，然后，又回过头对金海说，"你的事我还要跟校领导汇报，正式定下来后再通知你。咱们今天就谈到这儿？"

金海留校的事很快就定下来了。金海就是这样走进内蒙古近现代史研究所的。

当时的金海还是大四的学生。他一面跟着郝维民老师研究内蒙古的近现代史，一面继续读蒙古语言文学余下的课程。

写作本书时，我从内大找到了金海的个人档案，里边完整地保存着金海当年的各科成绩。大学四年，列入"考试"的共14门课程，他的成绩全部在80分以上，其中有10门超过了90分；列入"考查"的21门课程，则全部为合格。我特意查看了大四那年的成绩，列入"考试"的有三门，其中：汉族古代文学94分，日语98分，外国文学88分；列入"考查"的有四门，全部合格。就是说，即使在留校的事正式敲定，他自己已经开始工作的情况下，他在学习上依旧毫不松动。

一九八一年底，金海该毕业了。写毕业论文的时候，郝维民老师给他出了个主意："就写篇历史方面的论文吧！"金海一听正对他的心思，马上说："行，那我就写历史上的'伊盟事变'吧，我以前看过这方面的资料，有些基础。"郝维民说："好啊！这个内容真还没人深入研究过，人们只是简单地知道个大概。你要是把它写出来，真还是一件很有意义的事！"金海就以历史上的"伊盟事变"为内容，写了这样一篇论文，题目是《"伊盟事变"的起因与国共两党的不同政策》。

论文写出后，蒙语系请特布信和郝维民做鉴定。两位老师认认真真地读了几遍，而后极其慎重地给出了下面的评价：

"伊盟事变"是内蒙古近现代史上的一个重要题目。毛泽东同志曾有过科学的评论。我们认为金海这篇论文在充分利用革命历史档案资料和国民党档案资料，并参考了革命回忆录和内蒙古文史资料的基础上，进行了比较深入的研究，基本讲清了事变的原委，正确分析了事变的性质，较好地回答了所提出的问题。论文在继续前人研究的基础上，从史实、论述，特别是事变与中国共产党的关系方面均有所补充和提高。更值得一提的是，这篇二万五千余字的论文，从选题到成文仅用了三个多月时间，而且是在出差期间结合工作写出的，确实应予充分肯定。综上所述，可评以优。

特布信　郝维民

写完评语后，郝维民老师兴犹未尽，他对前来取鉴定的蒙语系同事说："这是一道很难的选题，但是金海写得很漂亮，一个学语言文学的，把历史论文写得这么好，说明他原来就对这个内容很留心，写之前，认真看了不少资料，查了不少档案，掌握了不少东西，文章写得太漂亮了！"

在内大，学语言文学的学生毕业论文写历史，金海还是第一人。这就是金海的"处女作"，这就是金海的毕业论文。

交完论文，办完手续，金海就正式到近现代史研究所上班了。

报到的第二天，他向郝维民老师提出："我想跟着历史系的同学，一起听中国通史；听说咱们学校和呼市语委正办蒙古史专修班，我也想去听听；同时还想跟着中文系的同学，一起学学中国古典文学；再就是跟着外语系的同学，再学学日语。"

郝维民一听，心里由不住地高兴，脸上却没有表现出来，故意绷着脸问："你已经工作了，为什么还要听这么多的课程？"

金海回答："老师，我知道自己缺什么。搞历史，哪能不学中国通史？搞历史，成天要翻历史资料，用您的话，是跟'死人'打交道，哪能不学古汉语？搞内蒙古的近现代史，少不了查找日文资料，我原来那点日语底子显然不够用。趁现在年轻，记忆力好，我想把这些基础知识补上，把基础打好！"

郝维民使劲点了点头，满意地笑了。他自己当年走的就是"半工半读"的路——没等毕业就出来工作了，再加上历史的原因，他的史学基础就没打好，造成"先天不足"。自己走过的弯路，他不想让年轻人再走。因此，他对金海的想法打心眼儿里赞成。

金海是守信的，话说到哪儿，事就做到哪儿，从来没有落空的时候。

尽管已经戴上了红色的校徽，尽管已经拿到了教工的工资，金海仍然像个刚入学的新生一样，一到上课时间，就安安静静地走进教室，认认真真地听，认认真真地记。需要往会背的东西，他比那些小他六七岁的低年级同学都背得熟；需要做的作业，他这个"旁听生"比那些在读生都做得认真。他又回到了四年前刚入学时的那个状态，还是那么投入，还是那么如饥似渴，还是那么不要命！曾经有任课老师跟他开玩笑："已经是留校的人了，大概地听听就行了，真还这么较真？"金海轻轻地摇摇头，以前咋做还咋做！

功夫不负苦心人！数年苦读，使金海不光补上了与历史系本科生在基础课上的差距，夯实了他从事史学研究的根基，而且成了近现代史研究领域一位具备了相当实力的后起之秀。尤其是他的日语，成了研究所除特布信校长之外水平最高的一位，竟致凡是日本客人来了，洽谈、接待，人们都要请金海当翻译。

和金海一起留下来的还有他的同班同学、他的恋人林娜。

林娜是金海首先向郝维民老师推荐的。同时向郝维民推荐林娜的还有齐木德道尔吉。齐木德道尔吉是一九七八年到内大读研究生的，一九八一年写毕业论文，认识了林娜。他的论文涉及满洲语。林娜是鄂温克人，讲一口标准的鄂温克语，齐木德道尔吉从她那里得到了非常宝贵的第一手资料。

齐木德道尔吉通过林娜又认识了金海。接触了几次后，觉得这个风华正茂的小伙子学识广博，志向远大，做人实在，两人很谈得来，很快就成了非常要好的朋友。

当时林娜与金海的婚恋出现了一些问题，原因是林娜想毕业后回呼伦贝尔去，回父母身边去，她一走，俩人的婚事可就吹了。金海竭力挽留，林娜正处在那种犹犹豫豫的状态中。

齐木德道尔吉见金海那么个开朗豁达的人突然间郁闷起来，估计是遇上了什么不开心的事，就问金海到底怎么了。金海起先不肯讲，再三追问，才道出了事情的原委。一听是这么回事，热心的道尔吉也急了。他赶紧跑去做林娜的工作，劝她尽快打消回呼伦贝尔的念头，跟金海处了两年了，哪能说断就断？金海这人，论相貌是最帅的，论才华是最棒的，论人品是最好的，这么理想的小伙子，真要失去了，你会后悔一辈子！他回过头来又做金海的工作，建议金海去找找郝维民老师，请他把林娜也留在研究所，只要工作定下来，她也就不会再闹着回呼盟了。

道尔吉的工作很快就见到了成效，林娜接受了他的意见，同意留下来。金海那头却始终吭吭哧哧的，不想去求郝老师，觉得开不了这个口。

金海就是这么一个人，为自己的事去求人，在他来说比登天还难，在老师名下是这样，在组织名下是这样，在朋友名下也是这样。事情再大、再难他也不肯讲，就在心里装着，就在肩上扛着……

见他这副样子，道尔吉怕误事，就直接找到郝维民老师讲了这个事，求郝老师好人当到底，成全这两人。

郝维民一听，头一句话就是："这个金海，你倒是说话呀！"他告诉道尔吉，林娜的名字金海倒是跟他说过，但只是一般的推荐，只是说这个同学不错,并没有讲他俩的恋人关系,更没讲最近发生的这码事。

"这样吧,我去找党史征集办的领导商量一下,看能不能去那儿。"郝维民老师对道尔吉说。

郝维民是个很负责任的人,当天就找了党史办的领导。他推荐的人,党史办当然赞成,这事很快就敲定了。这样,在郝维民的帮助下,林娜就被安排到了党史办。

8. 一辈子的大事,本该办得圆满些

同时敲定的还有林娜和金海的婚事。

道尔吉他们几个一再撺掇,一赶"五一"节,就让他俩领了结婚证。结婚证都有了,俩人就该搬到一起住了吧?林娜不。她要像长辈们那样,正式地举办一个婚礼,郑重地履行一个仪式。

这事儿不知怎么让郝维民知道了,他给金海分派了一件去沈阳收集日伪时期历史资料的差事,让他领着林娜顺道回了趟呼盟,为的是履行林娜说的那道程序。

那是金海第一次踏上大东北的黑土地,第一次接触鄂温克的民族文化,第一次走进岳父母的家。

"我就是在这里上的学","我就是在这里下的乡","我就是在这里参加的高考"……一到海拉尔,林娜就异常地兴奋起来。在从海拉尔到南屯的路上,她的嘴就没闲下来过,一路上的好多景物,几乎都能勾起她对往事的回忆。

岳母一家纯朴、善良、热情、好客。尤其是林娜的那几个兄弟姐妹,对这位头一回上门的帅气的姐夫,表现出异乎寻常的热情。岳父、岳母在南屯是有头有脸的人物,他们按照鄂温克的传统习俗,为女儿、女婿办了一场隆重的婚礼。

举行婚礼的第二天,金海就想走,岳母说什么也不让,硬留他俩又住了一天。第三天一早,金海跟岳母说:

"所里派我们去沈阳,本身就有照顾的意思。我俩要是再耽搁,就有点不合适了。研究所刚成立,正是最忙的时候,我俩还是早些走吧!今后,我们会经常回来的。"

岳母还要留,岳父说话了,到底是当领导的,知道哪头轻哪头重:

"金海说得对。住到多会儿是个够,还是以工作为重吧!所里领导对你们很关照,你们也要给人家争气。"

岳母知道女儿刚成家,什么也没有,就把人们送的各种礼物——床单、床罩、枕巾、枕套、钟表、线毯、毛巾被、收音机——都收拾得给拿上了。林娜倒也不客气,娘给什么,她就带什么,满满装了三大包。

夫妻俩双双出现在郝维民老师面前时,连郝维民也觉得意外:

"我估摸着你们咋也还得一个星期。这个金海也真是,好不容易回去了,应该跟老人多待几天。不说你,还有人家林娜了哇?"

"所里工作这么忙,就这也晚了好几天了。"金海一边说一边把在沈阳收集的历史资料双手呈给老师。林娜也拿出了从家乡带回来的一些木耳和蘑菇。

"再忙也不在这两天,一辈子的大事,本该办得圆满些才好。"郝维民对两个年轻人说,"家里已经给你们举行过仪式了,咱们所里也热闹一下。你俩不必忙着上班,用这两天的时间先准备一下,趁热打铁,一赶国庆就正式办了。我给你俩当证婚人。你们看怎么样?"

领导这么热心,他俩自然感激不尽,在老师这儿又说了会儿话,就回去忙着准备去了。

金海和林娜的婚礼是一九八二年国庆前在内蒙歌舞团的饭厅里办的。

虽然是在饭厅，他俩也没有设正规的酒宴，只是转圈儿摆了八九张桌子，桌子上摆了些烟酒、糖果和自制的凉菜，就像是单位里举办茶话会似的。来的人还不少，有研究所、党史办的领导和同事，有他俩在呼市的亲戚、同乡、同学、朋友，男男女女，大几十个。

朋友们从下午就开始忙上了，又是贴喜字，又是挂彩带，又是吊气球，直把个饭厅布置得花团锦簇，披红挂绿，喜气盈盈。

婚礼是晚上六点钟开始的。在一阵噼里啪啦的鞭炮声中，主持人宣读了结婚证书，证婚人郝维民作了一个简短的讲话，代表所有来宾向两位新人表示了良好的祝福。在众人的嬉笑声中，金海吭吭哧哧地介绍了他俩的恋爱经过。接下来就开始喝酒，开始唱歌，开始跳舞。

这就是金海与林娜的婚礼，即使在上世纪八十年代，这样的婚礼也是最简单、最朴素的。没有车队——去的时候，新娘林娜是金海拿自行车带去的；没有乐队——整个饭厅，自始至终就是一个人调换地拉着手风琴和小提琴在伴奏；更没有丰盛的饭菜——只有朋友们自己熬的奶茶、自己拌的凉菜、自己切的牛肉……条件尽管简陋，气氛却是热烈的，场面更让人震撼。

酒，喝完一杯又一杯。菜不算好，品种也不多；酒却是醇的，情更是真的，有这两样就够了，人越喝越亲，情越喝越浓，要的就是这个境界。喝得最多的是金海，这家伙怎么喝也不醉，不要说醉，连点酒意都看不出来。平素就这样，今天大喜的日子更是这样！

歌，唱完一首又一首。唱得最多的是乌审民歌，唱得最棒的是新郎金海。这家伙天生一副好嗓子，天然是个民歌库，今天借着酒兴，人又高兴，那歌竟像山泉一样，畅畅快快地从他心里流淌出来。一首《送亲歌》，唱尽了乌审旗蒙古人的粗犷和豪放，一首《在那长满艾草的山坡上》，更把乌审旗人热爱家乡、孝敬父母的感恩情怀唱到了极致。

舞，跳完一曲又一曲。跳得最好的要数新娘林娜和她的那帮鄂温克老乡。尽管没有正规的乐队，更没有豪华的音响，他们仍然跳得兴致极高，跳得几近痴迷。跳到后来，"舞池"里就剩下林娜和金海了。金海这家伙，不光歌唱得好，舞跳得也棒！你看他和林娜简直是天生的一对，配合得竟是那么默契，舞跳得竟是那么和谐。除过拉小提琴的那位，所有的人都停下来了，目不转睛地盯着他俩看。小提琴演奏的正是《梁祝》里边的"化蝶"，那优美的旋律，配上这优美的舞姿，众人怎么听都不过瘾，怎么看都看不够。此刻，所有在场的人，都从心里祝福这一对新人，永远都能像今晚这么美好，永远都能像今晚这么快乐，永远都能像今晚这么幸福⋯⋯

他们一直热闹到夜里十一点多。最后帮助收摊的是林娜的四个鄂温克老乡，他们把吃剩下的饭菜拾掇到一起，从歌舞团借了辆三轮车，装上这些东西，一路唱着、笑着、说着，一直把他们送到新家。

9. 搞历史，全凭史料说话

郝维民是金海投身内蒙古近现代史研究的引路人，是金海的恩师。而史筠，则是引导郝维民进入科学殿堂，在内蒙古通史和内蒙古革命史的研究领域纵马驰骋了大半生的决定性人物，更是他的恩师。

郝维民经常跟人们说："我的老师史筠在学术研究上有三个理念，影响了我几十年。老师的理念是：'通过重大课题带学科建设，通过重大课题培养研究人才，通过重大课题进行史料建设。'当年，他带着我们就是这样干的；八十年代初，我组建内蒙古近现代史研究所，走的还是这条路。"

内蒙古近现代史研究所一成立，郝维民就带着他的队伍从原来的蒙古史研究所分离出来。当时真是白手起家。他们就带出一个墨绿色的铁卷柜来——那还是郝维民在编委会当秘书时的老物件。学校给了他们一间办公室。研究所就这样因陋就简地开张了。

别看办公条件差，架不住郝维民手里有财政厅刚刚"戴帽子"下拨的二万元专项经费，身后跟着刚刚抽调、选拔、培养的十几个年轻骨干。一个是人才，一个是资金，有了这两样法宝，什么事情都好办。研究所很快就搭起了架子，铺开了摊子。他们组建了三个研究室，一个是近代史研究室，一个是现代史研究室，一个是资料编研室。郝维民让金海担任了资料编研室的主任，这就为金海发挥专长、施展抱负提供了广阔的天地。

搞历史靠的是资料，手里没有资料，你纵有天大的本事，也只能是盲人瞎马，寸步难行。

为把资料库建起来，金海想尽了各种办法。第一步他首先在自治区范围内广泛收集。

当时，内蒙古自治区各机关、十二个盟市，包括一百零一个旗县区，都在搞各自的地方志，这就为金海他们收集内蒙古近现代史的历史资料提供了天然的机遇。聪明的金海哪能错过这个千载难逢的机会？他像只馋嘴的猴子，听到点动静就闻风而动，闻到点味道就迅速赶去。那段日子，他哪分个白天黑夜，哪分个节日假日，天天都在马不停蹄地到处跑。

所里的同志去各盟市开会，他总要给大家带个硬任务："你们空手去可以，空手回可不行，挤点时间到当地档案馆、图书馆找找，咋也得淘腾点有用的东西回来。复印费我给出。"

他自己出去更是这样。那回他和赛航去赤峰开会，利用会议的间隙，两人去了趟赤峰档案馆，打问见馆里保存着内蒙古近代史上关于民族仇杀的几件珍贵史料。这东西对他们来说太重要了！他们要求复印。工作人员说："下午来吧，拿钥匙的人上午不在。"他俩在赤峰有好多同学，同学们听说他俩来了，都想见见面、叙叙旧，约好了下午聚。结果金海硬给推了，为的是下午去档案馆复印资料，搞得同学们很失望。在他眼里，什么事也没有淘腾史料更重要！

内大是个教学科研单位，跟各盟市、各旗县没有隶属关系，想搞点有价值的资料，就得磕头作揖，就得上门化缘，你发个函，下个文，人家根本不理你！为收集资料，金海和他的同事们遭了不少白眼，受了不少窝囊气。因为这，金海也跟郝维民老师发过不少牢骚，甚至骂过娘！但是，牢骚归牢骚，工作归工作，牢骚发完了，工作照样干！

淘腾了区内的，他又往区外跑。

跑得最多的是南京档案馆和大连档案馆，这两个地方，保存着不少抗战时期、甚至北洋时期的历史档案。在南京档案馆，他和同志们就搞到了国民党蒙藏委员会和北洋时期蒙藏院的档案，全部复印回来了。研究内蒙古的近现代史，这些资料太珍贵了！

淘腾了国内的，他又往国外跑。

一九九二年，内大派他去了趟日本，名义上是开展学术访问，实际上还是收集与内蒙古近现代史研究有关的历史资料。这是金海第一次出国，包祥校长给他带了五千美金。

去了日本的第三天，在那里学习、工作的内大同学为他举办了一个小型聚会。就在那次聚会上，同学们对金海说："你出来一趟不容易，不要就知道钻在档案馆搞资料，那玩艺儿没穷尽，弄个差不多回去能交差就行了，腾出时间来到日本各地走走、逛逛，也不枉出来一趟。再就是选个合适的地方打打工，多少挣两个，一赶回国，像像样样地买件电器。但凡出来的人都是个这哇！打工的地方我们帮你找。"

金海知道，同学们讲的都是实情，大家也都是好意，就他内心来讲，何尝不想这样？但他不能！研究所十几个人，郝维民老师不派张三、不派李四，为什么单挑了他金海？还不是因为他日语水平比别人高，单独派出来老师信得过？他要是把时间用到打工挣钱上，岂不是辜负了老师的多年培养、辜负了人家的良苦用心？做人哪能这样？漫不说是为了一件家用电器，就是一辆汽车，也不能啊！他忘不了包祥校长把那五千美金交到他手上时的那副表情，校长尽管什么也没有说，但所有的意思都包含在眼神里面了。金海是明白人，"响鼓还用重捶"吗……脑子里想到这些事，金海就只能客客气气地婉拒了同学们的建议，一头扎进档案馆去了。

他在日本待了两个月。大部分时间都耗在档案馆了。他去了外务省档案馆，去了防卫厅档案馆，还去了东洋文库。来日本之前，他参加过一个国际蒙古学学术讨论会，他们的特布信校长从日本东京外国语大学毕业后，又在那里当客座教授，给他介绍过这三个地方的情况。因此，他一来日本，就直接奔这三个地方去了。

日本人对蒙古历史的研究果然名不虚传！好多他在国内找了很久的东西居然在这里见到了。更让他惊喜的是，他在这里见到了不少在国内闻所未闻、见更未见的东西。他甚至见到了日本冈部大将的日记，见到了侵华老兵写的回忆录，见到了日本人手绘的内蒙古地区的地图……所有这些东西，在他眼里可都是宝贝呀！他捏了捏装在兜里的五千美金，强迫自己抑制住一时的冲动，说服自己一定要精挑细选，反复甄别，用有限的钱尽可能复印更多更有价值的资料！

这就需要翻阅大量的尘封已久的历史档案。这可是件相当费力的事情！大部分档案都是用日文写的，尽管他的日语已经达到了"四通"的水平，使用起来到底不如蒙汉语那么便捷。加上纸质脆弱、字迹模糊，日本人在管理上又那么苛刻，他不得不处处小心，时时在意，直查得头昏脑胀，有时甚至恶心得直想呕吐。他把精选出来的内容列出目录，一件一件地复印成了微缩资料。

兜里的美元越来越少了，手里的资料越来越多了，回国的日子越来越近了。回国的前一天，他用仅剩的一点零钱，给妻子买了条十八K的黄金项链，给儿子买了两个廉价的工艺品——这就是他去了趟日本给妻儿带回来的礼物。而他交给研究所领导的却是用五千美元复印回来的后来被郝维民教授称作"宝贝"的历史资料。就是这批资料，加上早先特布信校长自己花钱复制回来的资料，成为内蒙古近现代史研究所的"镇馆之宝"。这是金海作为资料编研室主任为研究所做出的重大贡献。

第四章

书 虫

- 我林娜就做你金桑的终身"保姆"吧
- 孩子打破了他们的平静
- 那就夫唱妇随吧

10. 我林娜就做你金桑的终身"保姆"吧

婚后的生活是温馨的!

尽管他们住的只是个一间大的平房,睡的是两张用砖块垫平了的木床,所有的家当放一块儿装不满一辆小四轮车,但是,这对于从小过惯了穷日子的金海来说已经很满足了。

他的妻子林娜是个很会生活的人。这个在黑土地上长大的鄂温克姑娘,用她那双灵巧的手、那颗爱美的心,把他们的新家布置得温馨而浪漫;那几件并不值钱的家具,被她调整得今天这么摆,明天那么放,使他们的新居三天两头变换着模样。

每天最幸福的莫过于晚饭后的那段时光。碗筷洗涮干净后,勤快的林娜总要再熬一锅热乎乎的奶茶,两人一边喝奶茶,一边看电视。电视是台14英寸的黑白机子,也不知是电视机的缘故,还是电视台的毛病,荧屏上动不动就尽是雪花点,配音也不好,两人凑合地看完电视新闻,就不想再看了。余下来的时间,他们就一边喝茶,一边拉话。

拉得最多的当然还是金海的专业——这是他们共同感兴趣的话题。每回都是林娜问,金海回答。比如:蒙古族早期的历史是怎么回事呀,成吉思汗是怎样走过来的呀,内蒙古历史上的某个事件到底是怎么个来龙去脉呀,还有鄂温克的好多事儿,呼伦贝尔的好多事儿,林娜都问。所有这些问题，金海都给她讲，从头至尾地讲。金海讲的时候，林娜就依偎在他的怀里静静地听，有时候，听着听着就睡着了。金海见她睡了，就把她轻轻地抱到床上，给她盖好，让她先睡，自己再接着看书。好多个夜晚，他们就是这样度过的。

有天晚上，金海加班搞课题，回来得晚了，林娜尽管很困，但也没睡，一直在等他。金海一边喝林娜端过来的奶茶一边说：

"搞历史的人，生活注定是枯燥的；和搞历史的人结婚，生活很可能是乏味的；你这辈子跟我这个搞历史的书呆子走到了一起，可要做好受冷落的思想准备。"

林娜看了丈夫一眼，大大咧咧地说："冷落怎么样，不冷落又怎么样？"

金海怕林娜误解，赶忙给她解释：

"我的意思是：我一忙起工作来就把家里的事扔到一边了，吃、喝、拉、撒，所有这些事，都得劳累你了……"

"这倒无所谓！"有过四年插队经历的林娜对干家务向来不怵头，她向自己的丈夫承诺："你放心，我们鄂温克的女人是最吃苦耐劳的！刚才电视里不是说，连小平同志都心甘情愿地为全国的教育改革当后勤部长么？我林娜就做你金桑的终身'保姆'吧！"

见林娜这么理解自己、支持自己，金海无言地把妻子的双手紧紧握住，半晌没有松开。

在此后的许多年里，林娜为自己的这句承诺确实付出了终身的代价。她把大部分家务揽到了自己身上，给丈夫腾出更多的时间，让他专心致志地做学问。一日三餐都是她做，替换下的枕巾、床单更是她洗，家里的事情，凡是她能干的，都不用金海上手。

一开始，金海也不习惯，甚至有些不好意思，老跟她抢；抢过几次，也就不抢了；时间一长，就成了习惯了；一旦养成习惯，想改可就难了。

他们的生活过得很平静，平得像湖面的水一样，静得像屋里没有人一样。生活过得千篇一律，老是在无休止地重复，今天重复昨天的故事，今年重复去年的故事，时间就在这种重复中一天天逝去，生活就在这种重复中循环往复。

几年过后，金海已经习惯了。这间小平房，既是餐厅，又是卧室，更是金海的工作室。他们研究所是不坐班的，除过开会、出差、去所里查资料，金海每天的大部分时间都是在自己家这间小平房里度过的。每天吃过早饭后，林娜上班走了，他就坐那儿看东西、写东西，一直写到林娜下班回来。林娜把饭做熟了，盛好了，摆到小桌上了，还得过来请——"金桑，吃饭了！"不请，他愣是不晓得主动过来吃。吃过饭，有时候上床躺一会儿，有时候把嘴一抹，又坐那儿工作上了，一直工作到林娜晚上下班回来，一下午愣是没挪窝！咋知道没挪窝呢？林娜临走，总要把熬好的奶茶给他放到写字台上，走时候什么样，回来还是什么样，压根儿就想不起喝！晚上就更不要说了，吃过饭，顶多看会儿新闻，又坐那儿忙上了。有时候，林娜已经睡醒一觉了，灯还亮着，金海还在写字台前忙。

林娜原本是个爱浪漫的人，时不时地喜欢搞点小幽默。偏遇了我们这位老夫子，一旦钻进他那个课题，就像是拿张网把自己罩住了一样，对妻子的浪漫、温柔，愣是视而不见，听而不闻，弄得林娜兴致全无。

刚结婚的时候，林娜跟他拉那些历史方面的话题，金海是挺高兴的，对林娜提出来的问题，可愿意回答呢。后来就变了，自承担了课题，人就整个投入进去了，连说句话的工夫都没有。林娜再要问他句什么，他的态度极不友好，不是说——"这么简单的问题也问？还大学本科生呢，连这也不知道！"要么就是——"去去去，自己查书去，书上都有。"其实，林娜并不是真的要问他什么，无非是借着这个话题，让他转移一下注意力，稍微休息休息，见他这么个态度，一赌气，索性不理他了。

林娜有时候还真生气！气那个叫作"课题"的家伙，把金桑的魂勾走了，金桑的心全都投到那个家伙身上去了。这时候，林娜就想起了金海对她说过的话：

"搞历史的人，生活注定是枯燥的；和搞历史的人结婚，生活很可能是乏味的；你这辈子跟我这个搞历史的书呆子走到了一起，可要做好受冷落的思想准备……"

人家老兄从一开始就把丑话给咱亮在头里了，是咱自己不识轻重，稀里糊涂地往里闯，还傻不唧唧地瞎表态："无所谓……我林娜愿做你金桑的终身保姆……"现在后悔了？该！

11. 孩子打破了他们的平静

一九八三年六月，金海和林娜的宝贝儿子出生了，这给他们平静的家庭生活掀起了阵阵波澜。林娜的父亲给外孙起了个很有个性的名字叫"呼德尔卓拉"，是鄂温克语，意思是"结实的石头"，企盼孩子能健健康康、结结实实地成长。林娜还按他们鄂温克人的习俗给儿子起了个小名儿——淖淖。

淖淖从小就聪明伶俐，很招人喜欢。生淖淖那年，金海已经二十八岁了。二十八岁得子，对一个男人来说无疑是件大喜事，况且又是这么一个人见人爱的大胖小子。

儿子一岁半的时候，就开始牙牙学语了，追着金海喊爸爸。这使这位初为人父的高级知识分子蓦然间感觉到了一种责任。

他放下手里的书，把儿子紧紧抱起来，高高举过头顶，又轻轻放下来。然后用他自己的大脑门用力地顶住儿子的小脑门，任由孩子发出一连串的咯咯咯的笑声。而后，他又让儿子仰面朝天躺在他的臂弯里，他盯着儿子的面庞仔仔细细地观看，看完眉毛看眼睛，看完鼻子看嘴巴，他想从儿子的五官上找出自己儿时的印迹……

听见这父子俩开心地又笑又闹，正在厨房做饭的林娜也高兴地哼起了小时候学会的鄂伦春民歌《在那高高的兴安岭上》……

多么快乐的三口之家！

这样的日子没过多久，金海和林娜就发现，儿子在给他们带来欢乐的同时，也给这个家庭带来了烦恼，带来了不快，原先那个平静的氛围不复存在了。

儿子的模仿力是极强的！淖淖见爸爸整天抱着本书看，他也要看，先是看他自己的，后来就看金海的。拿起这本，放下那本；翻开这本，合住那本，金海上厕所的工夫，就把书扔得床上、地下、小板凳上，横七竖八，到处都是。金海的书，哪本在哪放、怎么放，哪本是翻开的，哪本是掖着的，都有一定之规，那规矩只有他自己才知道。现在让他这个宝贝儿子这么一折腾，彻底乱套了。金海当下就"毛"了。毛了又能怎么样，一岁多的孩子，能打还是能骂？金海无可奈何地摇了摇头，只好自己从头收拾。

孩子的求知欲是最旺的！尤其是刚会说话的孩子，每天一睁眼，就有数不清的问题要问。刚开始，金海还挺高兴——儿子会向他提问了。他就像两年前给林娜解答问题一样，饶有兴致地回答着儿子的提问。然而，这个问题还没答完，又有问题出来了，一岁多的孩子，这么多刁钻古怪的问题是怎么想出来的？偏遇了金海又是个事事认真的人，父亲的责任、教师的素养又不允许他胡编乱造、敷衍应付，这样，他纵有一千张嘴也别想回答完儿子那迫击炮般提出来的问题。我们的金老师终于失掉耐心了，不仅拒绝回答，还用蛮横的口气斥责了儿子。淖淖小嘴一扁，委屈地哭了。这一哭，比提问题还难对付。金海只好换成笑脸，编着好话来乖哄——唉，烦死了！

谢天谢地！儿子总算长到三周岁了，可以送幼儿园了。儿子往幼儿园一送，家里又安静下来，金海又可以像过去那样安安静静地看书了。

家里是安静了，林娜却比以往更忙、更累了！

早晨，她比原来起得更早了。又要做三个人的早点，又要给儿子穿衣洗漱，又要收拾家，还要倒饬自己，她不早点起行吗？

中午更是。那时候，林娜的工作已经由党史办调到内蒙党委统战部了，统战部办公就在党委院内，离她家很近。可是，党委机关要求严，工作时间没事儿干也得在那儿坐着，你想迟来早走，中间溜出去买买菜，溜回家干点活，根本没那可能。你想啊，一大帮人都在一个大屋办公，你瞅着我，我瞅着你，谁好意思啊？别的同事一下班就可以箭一般往家跑，她不行，她得先上幼儿园接儿子。一出办公楼，林娜几乎是一路小跑着往幼儿园赶。就这，一赶接上孩子回到家，也就快十二点半了。那时候哪有现在的条件，每天回去还得现掏灰、现生火。手里做着饭，眼睛还得盯着儿子，又怕他磕着碰着，又怕他跑进书房给他爸祸害。好不容易把饭做熟了、吃了、收拾了、洗涮了，又该走了，别指望能上床躺一会儿。

晚上也不宽松。吃过饭，把孩子先哄睡了，再把一天弄脏了的衣服洗干净，把第二天早午两顿饭的准备工作做好，时候就不早了，自己洗涮洗涮也该睡了，第二天一早又得早起。

天天就是这个样子，让人没有一点歇空。

要老是这样，倒也罢了。有时候不一定突然间冒出个什么事，把人搞得晕头转向，无以应对。那天在政府礼堂开大会，会是她们统战部组织的，谁也不能缺席。会散的时候就已经十二点了，林娜骑上自行车猛往回蹬。走了没几步，前胎爆了，赶紧请路边的修车师傅补。等补好胎骑上回来，已经快一点了。心想这么晚了，金海该把孩子接回去了吧，又不放心，绕到幼儿园看了看。还真看对了，金海根本没来接。别的孩子都接走了，就剩下淖淖一个人在那儿眼巴巴地瞭着，显然是哭过了，眼睛里、脸蛋上尽是泪痕。阿姨的脸色很不好看，声音也沉沉的。林娜又向阿姨道歉，又给儿子解释，出了幼儿园就赶紧往家走。

临进院的时候心里还想，都一点多了，那位老先生该把饭做得差不多了吧？即便没做熟，至少炉子也该点着了吧？谁知进门一看，安谧静悄的，一点动静没有，摸摸炉灶，冰巴凉；打开炉膛，灰还没掏呢！再看那位，还在那儿纹丝不动地抱着本书看呢！

林娜心头的无名火腾地一下就着了！她把儿子往地下一放，外衣也没脱，冲着金海就嚷起来：

"你看看都几点了？我忙得气都快喘不过来了，你就知道抱着本书看。你不能帮着做饭，掏掏灰、生生火总可以吧，就算是帮我林娜了，成不成？"

金海吃惊地看着她，竟不知道发生了什么事。他看看儿子，又看看林娜，不解地问：

"谁惹你生气了？到底是因为什么？"

见他这副迷迷瞪瞪的样子，林娜越发火了。她对金海说：

"书中自有黄金屋，书中自有颜如玉，书中还有肉夹馍，它能填饱你的肚子，你就尽管抱着它看吧！淖淖，咱们俩到外边找个地方吃去！"

说着话，领上淖淖就往外走。

一出门林娜就后悔了！但她自己已经不大可能往回返了。此刻，她多么盼望她的金桑能快步追出来，把她拽回去，哪怕是喊她一声呢，她也会站住的。但是，金桑既没有喊她，更没出来拽她。她的背后一点动静也没有。她在自家门口沉吟了片刻，一狠心，只好打开车锁，带着儿子去附近的一家小饭馆充饥。临走，故意甩下一句，分明是说给屋里的金海听的：

"妈妈领你到'大东北'去，吃你最喜欢的'肉夹馍'！"

她领着儿子果然去了叫做"大东北"的那家小饭馆，点了儿子爱吃的"肉夹馍"。儿子吃的时候，她却没有吃，眼睛只是不住地看着门口的棉布帘儿，盼望金海能一撩门帘儿走进来。然而，直到儿子吃完了，金海也没来。

林娜把儿子送进幼儿园后，在党委大门口，手里提着服务员打包好的肉夹馍，又犹豫了好一会儿，最后还是进了她办公的那座大楼。

那个下午太难熬了，她身上难受，心上更难受。身上难受是饿的，心里难受是气的。她气自己太不冷静，怎么突然间就发起这么大的火来。她和金海结婚五年了，从没生过这么大的气，更没发过这么大的火，今天这是怎么了？

胃难受，难受得厉害。她的胃本来就不好，还有心脏，还有腿上的风湿性关节炎，都是下乡那四年落下的。一生气更难受。她难受，金桑能不难受么？他一定饿坏了！那个愣家伙，也不知懂不懂得在家里找点吃的，或者去小卖部买点什么……

一下午，林娜尽琢磨这些事了，哪还顾得上手里的工作？

下班后，带着儿子刚走到家门口，就闻到了一阵阵炖肉的香味。那是金桑炖出的香味。那种香味只有金桑能炖出来。林娜好久没闻到这样的香味儿了！

"爸爸在炖肉！"这味道，连儿子都闻出来了，一下自行车，就自己朝屋里跑去。

林娜进去的时候，金海正在灶前忙活着。腰上系着围裙，手里拿着勺子。他的眼睛和林娜对视的时候，脸上露出了自责和愧疚。

"乌审老乡正好送来半只羊，没有冰箱，怕放不住，就炖上了……"

他用这样的说法为自己作掩饰，不肯承认他是在将功补过。这样的小把戏岂能骗过林娜？林娜偏不捅破。她给儿子把外面的衣服脱了，自己也进里屋换了身家穿的衣服。她从里屋出来时，金海已经把炖好的手扒羊、焖好的大米饭摆上了餐桌。

林娜理直气壮地往餐桌前一坐，先给儿子夹了一小块，又给自己夹了一大块，一边吃一边故意说：

"今天咱也尝一尝吃现成饭是个什么味道！"

金海看了她一眼，笑了笑，没有正面回应；却从碗柜里取出半瓶白酒，顺手拿了两个酒杯。

金海虽然有些酒量，平素在家却很少喝，即使过节也不张罗。这半瓶白酒还是过国庆金峰来了，弟兄两个喝剩下的。

金海把酒杯倒满，双手举着递到了林娜的面前：

"是我金海不好，惹大师傅生气了。大师傅历来厉害得很，我金海真是鸡蛋碰碌碡，寻得找倒霉！好了，金海这厢赔罪了！"

林娜是个知趣的人，见金海这般动作，她也见好就收，接过金海手里的酒杯，跟金海轻轻碰了一下，一仰脖全干了。

金海笑了，林娜也笑了，天上的那块乌云散了。

12. 那就夫唱妇随吧

其实，作为妻子，林娜是常常因金海而感到骄傲的。

让林娜骄傲的，首先是金海这几年在学业上的进展。本科毕业后的第二年，他先是进历史系完成了中国通史的进修，紧接着又进外语系完成了日语的进修，还参加了内大蒙古史研究所和呼市语委合办的"蒙古史专修班"的进修。这样连二赶三地学下来，他就使自己为内蒙古近现代史的学术研究打下了扎实的根基，他也使自己在专业知识的掌握上与历史系毕业的本科生完全站到了同一起跑线上，这就为日后的学术研究做了必要的知识储备。金海是个特别要强的人，在学习上，他只许自己超过别人，不许别人超过自己，只要发现跟别人有一点差距，他总要想方设法地追上去，超过去！

让林娜感到骄傲的，还有金海这些年在事业上的发展。参加工作的第二年，他就被研究所任命为资料编研室主任，还被中国蒙古史学会、内蒙古史学会分别推选为理事。刚工作的时候，他才是个助教，三年后，就晋升为讲师。一九九五年十月，经内大学术委员会批准成为副研究员，二〇〇二年六月又成为研究员。他是一九九六年六月任硕士研究生导师的，二〇〇二年七月获得了历史学博士学位，二〇〇四年十二月开始担任中国少数民族史专业博士生导师。

金海把自己的研究领域锁定在蒙古近现代史、中日关系史、当代内蒙古、鄂温克族历史文化这四个方面。先后承担了《内蒙古近代简史》、《内蒙古历史地理》、《内蒙古革命史》、《日本侵略内蒙古史》、《蒙古学百科全书·近现代史卷》、《内蒙古通史》、《日本占领时期的内蒙古历史研究》、《鄂温克族现代游牧社会文化研究》、《清史·民族志·蒙古族篇》等十项重大科研项目的研究和编纂。这些项目，有的是内蒙古自治区的社科规划项目，大部分是国家的社科基金项目。从一九八三年起，金海还在国内外报纸、期刊上发表学术论文四十九篇，发表译作五篇，在出版社出版专著二十余部。

他取得的这些学术成果，受到国内外史学界越来越多的关注，受到同行们的认可。日本史学界同行专程来内大与他进行学术交流，并且邀请他去日本回访。一九九二年二月，金海东渡日本，去东京外国语大学进行了为期两个月的学术访问；一九九三年八月，他应蒙古国科学院东方及国际问题研究所邀请，又去蒙古国进行了一个月的学术访问。一九九八年八月，他还参加了内蒙古大学举办的第三次蒙古学国际学术讨论会。

最让林娜骄傲的，是金海身上的才华——众所公认的才华；是金海身上的潜力——像喷泉一样随时可以喷涌而出的潜力。那天，郝维民教授讲了这样一段话，讲得很中肯。他说："金海已经具备了向学术高峰进军的能力。我相信，他一定会成为国际蒙古学学坛的一流学者！"这话是在内大的一个会议上讲的，是别人转告林娜的。在同样的场合，齐木德道尔吉校长也讲了一段话，讲得更明确。他说："照着这个路子走下去，金海绝对是一个具有极好培养前途的人，他终将成为极其优秀的大学者！"

别人说的林娜也许不一定相信，这两个人讲的她绝对相信。一个是内大的著名教授，研究内蒙古通史、内蒙古革命史、蒙古民族史的专家，引导金海走进科学殿堂，走进内蒙古近现代史研究领域的恩师；一个是金海的学长、挚友、博导，现在的内大副校长。要说对金海的了解，他两个最有发言权！他俩说的话，林娜最凭信。她相信她的"金桑"一定能成为"最优秀的大学者"，一定能！

现在的金桑就已经是内蒙古近现代史研究所的一个"活资料库"了。人们有什么不明白的、有疑问的，都来问他，包括郝维民老师、包括道尔吉校长，在内蒙古近现代史这一块，有问题都向他请教。金海把这方面的历史资料来回翻腾得已经烂熟于心了。人们来电话询问内蒙近现代史上的某一个人物、某一个事件，金海通常都不用翻书现找，当时就可以告诉对方了——在哪本书里，第几页。照他说的去找，绝对不会错。人们说，这家伙简直是内蒙近现代史的一本"活字典"！

内大的好多人都说金海的记忆力好得惊人。记忆力好是事实，但关键还是勤奋。现在记忆力好的人多得是，能把知识掌握到金海这个程度的并不多。同样在看书，别人是眼到心不到，看一半忘一半；金海是专心致志地看，一门心思地看，人和人的差距就是这样拉开的。干工作也是。同样在工作，同样是一天，别人最多干八小时，金海最少要干十二小时，甚至更多；别人干工作，干一会儿玩一会儿，心思根本不在状态上，金海是全身心地投入，高效率地运转，人和人的差距就是这样拉大的。所以林娜爱说她那句大实话："什么是才华？才华就是天赋加勤奋。别人的情况不了解，金海我最清楚不过。他能把内蒙地区近现代史的那么多东西装在脑子里，靠的就是他的勤奋。他把别人休闲娱乐、逛街旅游、喝酒应酬的时间都搭进去了，是用他的高投入、高成本换来的，是付出了常人难以想象的代价的……"

林娜说得一点没错，金海的超强记忆、金海的学术成果，确确实实是用他的高投入、高成本换来的！

他这个人不大喜欢应酬，除非来了亲戚、老乡，来了中学时候的老师、同学，除过这，他很少出去，星期天也不出去，就在家里写东西、看资料。像他们这个年龄段的夫妻，星期天很少有能在家里待住的，都要到街里走走，到公园溜溜，到亲戚朋友家聚聚。他不，不走、不溜、不聚。他俩在呼市亲戚不多，走动很少。商场也不去逛，公园、名胜更不去。在呼市生活了这么多年，除过那年去了趟昭君墓，站在墓顶子上发了番感慨，再就是老同学苏和从兰州回来，几个人一起去了趟白塔，别的名胜古迹一概没有去过。

市内尚且如此，外地就更不要说了。两人结婚十几年，就去过北京和沈阳。那还是郝维民老师派他去收集资料，顺道回海拉尔完婚。别处哪都没去。南京呀、昆明呀、重庆呀，金海倒是去过，是和研究所的同事去的，是去开会、去采访、去收集资料。林娜没有去过。利用假期领着妻儿出去游山玩水，金海脑子里根本就没有这个概念。

对了，还出了一次国，去的是蒙古。那次领着林娜去了，金海是公出，林娜是自费，就那么一次。那是迄今为止林娜唯一的一次出国。那也叫出国？说出来让人家耻笑！整整一个月，他全往蒙古国的档案馆里跑了。林娜去了趟蒙古，待了一个月，愣是没看清乌兰巴托到底什么样？你说冤不冤？

还有更冤的——家里的开支。

按理说，两人一参加工作，收入就不低，一人五十六元，两人一百多。那时也没有孩子，两家的老人又不需要他们帮助，两人在经济上不应该憋屈。后来虽然物价在不停地涨，工资也在涨啊，工资的涨幅总还是高于物价吧！可是，他俩的日子始终没有宽裕过。钱哪儿去了——尽买了书了。

金海是从小就节俭惯了的，参加工作后挣上工资了，也还是不舍得吃，不舍得穿。人们见他经常穿得西装革履的，以为他在穿着上舍得花，其实他就那么几套衣服，全凭林娜手勤，老给他打理得板板正正的，显得就上道了。林娜早就想给他买身好一点的，遇个正式场合好穿，金海不让，说有这几套足够了，花那么多的钱干啥。

金海在吃喝上更好将就，你能把生的给他做熟就行，端上什么吃什么，不挑剔，更不讲究。两人在饮食上有些差异，林娜做的是海拉尔风味，金海吃惯了的是鄂尔多斯风味。时间长了，金海想吃点家乡饭，就自己动手做，做得很地道。最拿手的有三样——手扒肉、红烧肉、大烩菜。林娜也喜欢吃，就是做不来。也学来着，没学会，做不出人家那个味道。

他们很少下饭馆。金海说，下饭馆太费时间，一顿饭没有两小时出不来。说"两小时"，那是他们男同志喝酒。就他们一家三口，随便要两个菜，哪能用那么长时间？说白了，他还是嫌花钱。同是那两个菜，自己在家做着吃，用不了几个钱，进饭馆，价格翻几倍！

下饭馆舍不得，买衣服舍不得，等到进了书店，那叫一个大方，从来没听他喊过一声贵！尤其是那些成套的、大部头的学术专著，那些精装的、像砖头一样的工具书，动辄几十元、甚至数百元，他眉头也不皱，说买就买。哪回出差回来不背个十几本？家里的书架越摆越多，书架上的图书越摞越高，那一架一架的图书都是怎么来的？不都是他用自己的工资一本一本买的？他一辈子不爱吃，不爱穿，就一个爱好——逛书店，买书！

……

从金海身上，林娜渐渐悟出了一个道理：人这一辈子要想真正干成几件事，在某一个领域要想真正研究出点有价值的东西，必须有一股子钻劲，必须有一股子狠劲，尤其是他们这些搞历史的，必须舍出一头，静下心来真正钻进去。

自己的丈夫已经入了这一行，再苦再难，他也要义无反顾地朝前走，这是毫无疑问的。作为他的妻子，自己还能有什么好说的？只能是丈夫在前边披荆斩棘，自己在后面夫唱妇随了，替丈夫嘘寒问暖，帮丈夫照料打理，这辈子就是个这了。

结婚的头两年，林娜还顺不过这个劲来，曾经想过跟金海在事业上并驾齐驱，就像她当年在南屯插队时骑着马跟小伙子们在草原上飞驰一样。后来林娜变了，她自愿地退到后面来了。

她觉得，夫妻之间比翼双飞，那是文学家们在玩浪漫，是少男少女们在做美梦,在现实生活中能这样的不多。不是有那么句话么——"每一位成功男人的后面,总有一位伟大的女人在默默地奉献。"夫妻之间,总得有主有从,总得有一个做牺牲。那么在自己和金海之间该以谁为主呢?当然是以金海为主。这家伙人聪明、钻劲大,在未来的发展上,潜力大得很,前景好得很。自己应该心悦诚服地退到后边来,老老实实地兑现当初的承诺,尽心尽力地给老金当好这个"终身保姆"!

这样想过之后,林娜也就不再有什么怨言了,不再觉得委屈了。为了她的"金桑",苦一点、累一点、难一点,她也愿意。

唉!和后来发生的那些事相比,眼下这点事又算什么呢?这也叫苦、这也叫累、这也叫难吗?

林娜啊,养足了精神继续往前走吧,后面的路还长着呢!

第五章
较 真

- ⊙ 任何人概莫能外
- ⊙ 朋友们眼中的"金胖子"
- ⊙ 那是段特别开心的日子

13. 任何人概莫能外

世界上的好多事就怕认真，我们的金海却最讲认真。

在资料编研室的制度建设上，坦率地讲，金海的认真有时就到了苛刻、较真的程度。

但凡搞历史的人都知道资料的重要性。在某种意义上，可以说资料就是顶梁柱，就是命根子，就是一篇史学论文的灵魂！没有史料，任你说下大天来也没用，没人相信；翔实的史料在手里攥着，"啪"，往这儿一放，一句话不用说，观点自然就立起来了。这就是史料的重要性，搞历史的人都晓得的。

史料还有个"排他性"。搞新闻的讲究个"独家专访"，搞摄影的爱搞个"独特视角"，搞电视的常搞个"独家播映"，搞历史的也一样，谁都想在自己手里攥两件"人无我有"的硬货。有这种心思在，资料上的独家占有、相互封锁，也就不以为奇了。

为了避免这种现象，实现资源共享，金海在资料编研室开张之前就立下了硬规矩：

本室所有资料，只能在室内查阅，绝不允许随意带出，任何人概莫能外。

尽管在这之前，金海就已经征求过方方面面的意见，得到了领导们的支持，但在执行过程中还是遇到了难题：总有人强调自己情况特殊，要求把资料带到外面去，拿回家里去。有制度在这儿管着，金海当然不会放行。这些人就去找领导；找所长不行，就找校长。领导偶尔也有"放话"的时候，偏遇了金海只认制度不认人。他指着"任何人概莫能外"的条文跟对方说："有它管着，我实在不能破例。"

金海这样做自有金海的道理。他说："这跟借钱是一样的。没借之前，对方是孙子，什么下情话也能跟你说；把钱往走一拿就变了，你成了孙子，他成了爷爷，你得成天跟在他屁股后头追着要，闹不好，就'肉包子打狗——有去无回了'！"

金海这样做，有人支持，也有人反对；有人赞赏，也有人揶揄。支持的人说："收集这些资料不容易，花钱不在多少，关键是搞不到。费那么大劲建起来了，就得有个人很好地管起来，要不，用不了几年就零落了！"反对的人反正是讲他那一套歪理，有些话说得很难听。因为这，金海也得罪了一些人。好在大家都知道他是为了工作，不是冲哪个人，人们当时有些想法，有些牢骚，事情一过，也就没事了。

有金海在这儿管着，又有众人支持，几年工夫，内大的近现代史资料编研室就发展壮大起来。别的不敢说，在内蒙古近现代史这一块，包括内蒙古的革命史，单就历史档案来讲，哪一家也比不过它。内蒙图书馆比不过，内蒙档案馆也比不过。人们查史料，查历史档案，就得到内大来，到内大的近现代史资料编研室来。

当初建立这个编研室，郝维民所长就跟金海讲过："你的任务不单单是收集、保管，你还得编辑、研究，还得翻译，得想办法把这些死资料变活，让它们更好地为我们的学术研究服务。"

金海理解老师的意图。在此后的日子里，为了实现老师这个意愿，体现编研室的功能，把手里的死资料真正用活，金海究竟付出了多少努力，耗费了多少心血，谁也说不清。所里的同事说不清，金海的夫人林娜也说不清。

人们只是惊奇地发现：资料编研室收藏的大部分史料，竟然神奇般地装入了金海的脑袋！只要是与内蒙古近现代史有关的，只要是资料编研室收藏的，你就问吧，人物也好、事件也好、人与人的关系也好，共产党的、国民党的，中国人的、日本人的，军事的、政治的、民族的、宗教的……他都能如数家珍般地给你讲得清清楚楚。你要是不相信，他就给你翻出史料来让你自己核对，在哪一卷、哪一册、哪一页，记得清清楚楚，让你不得不服。

齐木德道尔吉，是内大在"文革"后培养的第一批研究生，现在已经是内大的副校长了。这位在黄河边上长大的年轻人，既有巴盟人的豪爽，又有伊盟人的粗犷；既有学者的睿智，又有官员的干练。他是通过林娜认识金海的，后来成了金海的兄长、至交，成了金海的博导。说起金海超人的记忆力来，齐木德道尔吉校长那是由衷地佩服。他说：

"金海爱读书，爱钻研，脑子特别好，是一个天赋非常好的人。读书过目不忘，一旦记住，根本忘不了！我们都把他当成内蒙古近现代史的'小百科全书'，有什么问题就去问他，他不用现查资料，马上就能给你解答。历史上的谁谁谁是怎么回事，谁和谁是个什么关系，他都清楚。那真是一个具有极好培养前途的人！"

金海把编研室的资料运用到这个份儿上，郝维民所长自然高兴。他跟人们说：

"我们研究所有两个资料库，一个是死的，一个是活的，那个'死'的资料库在编研室的屋子里锁着，那个'活'的资料库就在金海的脑子里装着，走到哪儿可以用到哪儿，太方便啦！金海的脑子里，不光对我们自己的资料如数家珍，对整个呼市地区的图书馆、档案馆的资料状况也了如指掌。他这个人记忆力惊人，看书过目不忘，记住的事情忘不了。能把那么多东西记得清清楚楚，除过他自身的天赋，还有一个重要原因：他办任何事情都相当专注，精力高度集中，不像有些人老是三心二意的，老是悠打二晃的！"

14. 朋友们眼中的"金胖子"

时间过得好快！

不知不觉间，金海来近现代史研究所已经八年了。刚来那年他才二十七岁，如今已经三十五了。

三十五岁的金海正处于事业的巅峰期。他此时最大的愿望是把资料编研室的规模继续扩大，在现有基础上进一步充实史料，争取在四十岁之前把这个资料室建成全国范围内规模最大、史料最全的地区近现代史资料库。

愿望是好的，就是经费不足。

一分钱难倒英雄汉，更何况像金海这样的文弱书生。

传统的文人向来是清高的，而清高的文人是不屑于谈钱的。可是眼下的金海不能不谈钱了——为了他所钟爱的近现代史研究，为了他所经管的资料编研室的发展，他和他的同事们不得不在钱上打起了主意。

当时，内蒙古各地都在编地方志，越往旗县走，越是缺少搞史志研究的专门人才。地方上的同志普遍呼吁：哪个机构或者哪所学校能通过短训班或者速成班的形式，为他们培养一批这样的人才，不需要多么高深的理论，只要能掌握编写史志的基本方法就行。内蒙古大学有的是现成的教师，有的是现成的教材，于是，郝维民他们利用手里的教学资源，主动承担起了为各盟市培养地方志编写人员的任务。这可是一举多得的好事：既为下面培养了人才，又为所里创造了效益，下去讲课的教师也可以增加一笔收入，结交一批朋友；对金海他们来说，还可以顺手淘腾一些史料。

齐木德道尔吉就是这时候从德国回来的。他一九八四年就走了，在那里待了六年。走的时候，金海还是个年轻的助教，是个毕业不久的风华正茂的青年。等他回来，金海在内蒙古的近现代史研究领域已经小有名气了。

齐木德道尔吉一回国就让金海拽去了，让他一起去呼伦贝尔盟讲内蒙古的历史地理。呼伦贝尔号称北京的"后花园"，有最"经典"的草原风光，最地道的民族风情，是他久已向往的去处，金海一讲，他很痛快地就答应了。

当时正值暑假，金海把妻儿也一并带上了。齐木德道尔吉和金海一家是在赤峰火车站会合的，这是他们六年前分手后第一次相见。

金海明显地发福了。林娜还那么年轻。他们的儿子已经七岁了，长得虎头虎脑的，又聪明，又有礼貌。他一九八四年去德国时，小家伙还在襁褓之中呢！

这是个多么幸福的家庭！

一到海拉尔，金海就把林娜和儿子送回南屯他老丈人家去了。从南屯回来，他就和道尔吉开始忙着办班。他们主要是讲内蒙古的历史地理，道尔吉讲古代部分，金海讲近现代部分。教材都是现成的，又都是他俩各自的专长，基本上不用备课。空闲时间，两个人常常天上地下的神侃。

他们在海拉尔整整待了一个月。

人们都有这样的感受：一个单位的同事，一起工作十年也抵不上出差走上十天了解得深、话说得透。这一个月，金海和道尔吉白天在一起，晚上也在一起；吃饭在一起，睡觉也在一起，是自认识以来待得时间最长、话也说得最多的一次。

这回，齐木德道尔吉才了解到：金海原来是个很有生活情趣的人！爱出差，爱跑，这些年，他一会儿回他的伊盟，一会儿来东北，采访健在的老同志，收集散落在各地的史料。他这个人见识广，兴趣也广，什么东西都想知道，哪方面的知识都想涉猎。也爱跟人交流，讲话也风趣、幽默。朋友之间爱开玩笑，什么玩笑也开，酒喝到一定的火候，那"荤段子"也能来几段,笑得人肚疼。

金海心胸开阔,为人豁达,不像有些文人那么小肚鸡肠,那么斤斤计较。但是他敏感,太敏感了,别人的一个表情,甚至一个眼神,一句未讲完的话,他都能迅速地解读出内里的含义来。大概脑子聪明的人都这样。

酒场上的金海最放松,最陶醉,也最可爱。他能喝,不是一般的能喝,道尔吉跟金海相处了这么多年,就没见金海喝醉过。两人一样样地喝,道尔吉很快就醉了,醉得一塌糊涂,金海却没事,该干什么还干什么。跟金海喝酒爽,特别爽,你说怎么喝他就怎么喝,你说喝多少他就喝多少,白的、红的,高度的、低度的,都行!喝完了,什么毛病没有,酒风特正!

酒喝到一定程度谁也兴奋,金海也一样,兴奋了就唱。别的歌不咋唱,就唱民歌,鄂尔多斯民歌,唱得投入,唱得动情,唱得地道!会唱民歌的人道尔吉见得多了,但是,能像金海这样把民歌那个味道原汁原味唱出来的,不多!

在海拉尔讲课期间,金海还拉着道尔吉专门去了趟南屯,参加金海内弟的婚礼。他知道道尔吉是研究女真文字的,对鄂温克民俗很感兴趣,他自己也对鄂温克这个民族正做深入的研究。两个人利用星期天的时间就一起去了。

那次,道尔吉可是亲眼目睹了金海和他儿子之间的那份父子深情。那父子俩大概有两个星期没见了,离着老远,小家伙就像只小鸟似的张着双臂,叫着爸爸,一路小跑地迎上来。金海蹲下,把儿子紧紧揽在怀里,又是亲,又是抱!儿子顽皮,一会儿爬在他背上,一会儿又骑在他脖子上;金海蹲在那里只是笑,任由儿子在他身上折腾。父子俩亲够了,闹够了,金海才抱着儿子进了老丈人家。

老丈人现杀了一只羊款待他们。那天,道尔吉这位出过国、留过洋,在欧洲各国见过大世面的"洋博士",居然又开了回眼:他不仅领略了鄂温克民族那颇具异国风味的民族风情，还见识了这个由西部人和东部人、蒙古族和鄂温克族共同组成的大家庭的那种融融亲情。

那天在南屯，齐木德道尔吉照例又喝了不少酒，酒席上后来的好多事他都忘记了，唯有金海和儿子嬉戏玩耍的情景，竟像一张珍贵的照片，牢牢地镶嵌在他记忆的相框中，至今清晰可辨。

同样的场景，赛航也见过；同样的照片，赛航也在记忆中珍藏着。

赛航是一九七九年进入内大的，他学的是历史，比金海低两级。一九八三年毕业后，也留校工作，进了内蒙古近现代史研究所，成了金海的同事、朋友。他小金海两岁，是金海的学弟，一直称金海为"老金"。

赛航进研究所上班的时候，金海正领着人天南海北到处采访当年在内蒙古参加抗战的那些老同志，准备编写《大青山抗日斗争史》。他与金海合作是后来编写《内蒙古革命史》。通过编写那套书，他俩结下了深厚的友谊，成了莫逆之交。

应该说，赛航和金海是两种类型的人。做学问、搞研究，金海过于认真、过于投入，是那种一忙工作就要进入"忘我"状态的人，妻子、儿子、消遣、娱乐，包括自己的身体，都可以置之度外，就知道一心一意地干工作。赛航不像他。赛航做学问也认真、也严谨，干工作也投入、也卖力，但不像金海那么"忘我"。他是工作也干着，别的还甚也不误，该玩就玩，该歇就歇，活得很轻松，很自在，很潇洒！

就因为这，两人经常打嘴仗！

每次都是赛航挑头。他说金海："差不多就行了，不要那么较真了，但凡较真的人最终都是跟自己过不去，何必呢？"

金海回敬他："干咱这一行，就得舍一头；什么都想顾，哪头也不丢，天下哪有这么好的事？"

两人都是好嘴，都讲得振振有词，都说得头头是道，最终是谁也说服不了谁，谁也改变不了谁，但是谁也不嫌弃谁！

"他其实也挺想玩，而且会玩。唱呀、喝呀，都行。"背过金海，赛航跟人们这样说，"尤其是唱。鄂尔多斯民歌，没有他不会的，整个是一'曲库'。乌审民歌，我听不少人唱过，谁都唱不出他那个味儿来，太地道了！"

"他除了会唱，还会玩两件乐器，会拉二胡，会吹笛子，是一个很有生活情趣的人！他们家的人都会，他弟弟，弟媳，他妹妹，都会，整个一家庭小乐队！"

"那年我跟他去伊盟办班，他领着我回了趟他们老家——乌审旗沙尔利格苏木红旗大队，还在那儿住了一晚上，就在他家。到处是橡柳，满眼是沙包，他就是在那儿长大的。那天晚上，他的家人给我们搞了一场家庭音乐会。就在他家的院子里。头顶是满天的星星，脚下是细细的明沙，旁边就是自家的牛羊。我们喝着奶茶，啃着手扒肉，干着白酒。那个美！吹拉弹唱的都是他的家人：弟弟吹着笛子，他拉着二胡，妹妹弹着三弦，弟媳打着扬琴，四个人就拉就唱，就唱就喝，一晚上愣没停歇！"

"金海就是这么一个人，往他的资料室一钻，往他的研究领域里一走，那就是一个标标准准的书虫，天塌下来也别想惊动他。一旦钻出来，回到现实生活中，那就是一个极有生活情趣的人！他是很会生活的！"

说起金海的会生活，金海的挚友们争着抢着讲他的故事。透过这些故事，一个活灵活现的金海"站"在了我们面前。

"金海那家伙不光会吃，他也会做，尤其是手扒肉，那叫一个绝！"已经成为内大副校长的齐木德道尔吉说起这码事来，仍旧像当年那个贪吃的小伙子一样，讲得绘声绘色，让人听得直想掉哈喇子。

他说——

八十年代初，我们这些人都很穷，根本下不起饭馆，大家还都想往一起凑，这回去你家，下回去我家。大家聚到一起，不单是为了吃，更主要的是相互交流，增进感情。

那时候，大家最愿意去的是金海家。有两个原因，一是他家的饭菜做得好，二是女主人热情。不像有些人家的女主人，当着客人的面就使脸子，甚至摔东西，搞得众人很没意思。林娜不，什么时候去了都是笑脸相迎，她那笑是发自内心的，不是做样子！鄂温克人待人真诚，吃的喝的，她是倾箱倒箧，尽其所有，就怕你吃不好、喝不好。所以大家都愿意去。

他家的饭菜很有意思，既有西部区的特色，又有东部区的风味。西部区的菜林娜做不来，得金海亲自下厨。金海这家伙，做学问认真，干工作认真，下厨做饭同样认真。他做的手扒肉，我们这些人谁也做不来。我问过他，这么好吃，你是怎么做的？那家伙不保留，都给你说。

听金海讲，关键是掌握火候。把肉选好后，下锅慢慢煮，千万不能用急火。最好用大一点的锅，至少能放进半只羊的肉去。绝对不能用高压锅。也不放什么作料，就放一点盐，慢火煮。煮到一定程度，把鄂尔多斯的奶渣子抓一点撒进去，就有那种酸酸的味道了。这样煮，不光肉好吃，汤也鲜，特别鲜。

我们照他说的去煮，煮出来根本没有人家那个味道！后来听林娜说，你们没老金的辛苦。每次做手扒肉，晚上吃，他中午就开始忙上了，一会儿看看火，一会儿看看汤，可认真了！林娜说得对，我们缺的就是金海的那股认真劲儿！后来，我们索性把羊肉交给他，请他帮我们煮。他很乐意干。你别说，经他手煮出来，味道就是不一样。

15. 那是段特别开心的日子

"有人说，金海只会工作，不会生活。有些媒体也这样报道，把金海说成一个书呆子，一个木讷的人。这是他们不了解金海。凡是和金海一起工作过的人都知道，他其实是一个很会生活的人。"说这个话的是金海的搭档赛航。

关于金海会生活的话题,他是这样说的——

他爱玩,而且会玩。爱照相,走到哪儿都喜欢照,照景、照物、也照人。特别热爱生活。人也随和,我们在一起度过了一段特别开心的日子。

那时候,工作任务没有后来这么重,就是搞课题、搞研究、搞资料,不带本科生,也不带研究生,更不承担社会上的其他任务。所以工作有忙有闲。

手里的活每告一段落,金海总要带我们出去庆贺一把。所谓庆贺,就是撮一顿。高档的地方吃不起,太贵,就找个路边小店,随便点几个菜,要两瓶酒,一边喝,一边聊。他不喝啤酒,就喜欢喝白酒,草原白,价钱不贵,度数还挺高,一瓶子下去,什么事没有。他喝得高兴了还有下一个节目。所谓下一个节目,就是换个地方,再接着喝。

经常在一起的是我们三个人,金海,我,还有白拉都格其。我们三个人共同编《蒙古民族通史》第五卷,编完一章就来一顿。我没他俩酒量大,经常醉。金海一见我喝多了,就让我去他家住。林娜也不嫌弃。大家处得就跟亲姊妹、亲兄弟似的。真的,我们在一起过了一段无忧无虑的开心日子。

"金海这个人特别有涵养,肚量大,胸怀宽,能容人,更能容事。我给你们讲一件事,你们就知道了。"

赛航说——

我们内大有一位年轻教员,金海曾经教过他,他称金海为老师。他要写一个东西,需要些近现代史方面的史料,就去找金海。金海给他介绍了不少,而且很快就帮他找齐了。金海对谁都这么热心,更何况是他的学生。那位教员把这些资料拿到后,因为多,一时半会儿摘不下来,就想拿走,拿回家里慢慢摘。他以为金海能对他网开一面,就提出了这个要求。金海说不行，咱们有制度，你也知道。那人说：制度是死的，人是活的，再说也得看是谁！作为学生，这话就说得太占地方了。但金海没有急，还在给他耐心地解释：咱们资料室自建起来，我一直就这样掌握的，谁来了也一样——这样吧，你今天能摘多少摘多少，摘不完，明天过来接着摘。你用的这几本我另外给你放过，不会耽误你用的……应该说，金海够给面子了，可是那位教员还是老大的不高兴。

这事本来就过去了，谁知那位老弟心里一直耿耿于怀。几个月后的一个晚上，我们三个一块喝酒。喝着喝着，那位老弟喝高了，借着酒，又把那事翻腾出来。金海也喝了不少，但他酒风好，一声不吭，就听那位说。那位说着说着，竟开口骂起来。一开始我也没吭声，心想让他说两句，把那些不快倒腾出来也许就没事了，谁知他越说越来劲，越说越出格，这我就不能沉默了。我对他说：你喝多了。咱们不喝了，我送你回家吧！金海也和我一起送，一直把他送到家门口。他一路上还是骂骂咧咧的，到了家门口更来劲儿了，照着金海打了一拳。就那金海也没还手。那人的妻子听见外面的动静了，开门出来，才把他拖回屋里去。过后，那两口子专门去给金海赔了礼、道了歉。金海反倒宽慰人家：喝完酒的人，说话哪有个轻重？快别把这事放在心上。

所以说他这人胸怀特宽，特大度。

"我再讲个金海拜师学艺的事吧！这事大家也知道。但是，你们只知其一，不知其二，当中的细节，只有金海和我知道。"齐木德道尔吉说——

我是一九九七年被列入博导行列的，报到教育部后，正式招生是一九九八年。我的导师是林沉、周清澍老师，是老一代的博导，带博士生很有经验，选拔学生、带学生特别严。我向林沉老师请教，怎么样才能招到好的学生。他说必须看这个学生能不能培养，潜力有多大，积累怎么样,把这几样看中了,才有可能培养出一个高水平的博士来。他还说,金海这个人可以,你完全可以放手培养,但必须经过严格的考试。

按林沉老师的要求,我向社会公开招考博士生。金海是一九八三年开始工作的,我招考博士生是一九九八年,他已经工作十六年了。经过十六年的工作、学习,他在内蒙近现代史研究领域已经有了相当深厚的研究功底和学术积累。经过初试和复试,在众多竞考者中,他以明显的优势考上了我的首届博士研究生。这样我俩的关系就发生了很大的变化。原来,我们处得像弟兄,这回变成师生关系了。我故意逗他:你敢叫我声老师吗?他说:我当然叫了,既然考上了,你就是我的老师嘛!从这儿开始,他就不再叫我"老道"了,什么时候见了,都是恭恭敬敬地称呼"道老师"。

他在我这儿的研究重点是日本占领时期的内蒙古历史,毕业时的博士论文选的也是这个题目。说起这个题目,中间还有一段插曲。

那年秋天我去扬州参加中国历史学会的一个年会,被选举为全国历史学会的理事。就在那次会上,我见到了《历史研究》杂志的总编张亦功先生。张先生在内蒙下过乡,是知青,跟我特别谈得来,对内蒙的近现代史特别感兴趣。这人现在已经去世了。那天,张亦功说:对日本侵华史的研究,内蒙古这一段目前还比较弱,你们内蒙现在有没有人在做这方面的研究?我说有,有人做。他问是谁,我告诉他是一个叫金海的年轻学者。他问这人怎么样,我说很好,是一个很有前途的人。他一听很高兴,就对我说:这样吧,我帮你立个项。我说太好了。从扬州回来我就和金海开始做这方面的准备。当年冬天,张亦功先生就来了,还给我们带来一场很厚很厚的雪。金海跟他见了面,两人谈得很好,张先生对金海的知识、志向评价很高,当时就立了一个课题,在中国社会科学院立的。课题一立,我心里就有底了,金海干这个,绝对错不了。在近现代史领域填补内蒙这块空白,非他莫属了！

　　金海正式成为我的研究生后，我俩就商量着定学习计划、定研究计划。史学理论方面的书，尤其是国际史学理论研究、史学新趋势方面的书，金海还没有来得及读，他手头也没有这方面的资料，我就把我的书拿给他。他一本一本地都读完了，读得很认真，笔记也记得很细。他在学习上的认真劲，不用我细说，大家都亲眼见过的。

　　金海特别擅长内蒙古近现代史的研究，在这个领域有"百科全书"之称。他善于学习，勤于学习，加上他的天赋，过目不忘，所以日渐成为他们所里的"数据库"。我们有了问题，总能从他那里得到便捷而准确的答案。他跟我读博士学位，主要是学我的语文学和满语文课程，清代蒙古史和史料学方面的课程，再就是刚才讲到的国际史学方面的理论，至于内蒙古近现代史，我还得向他求教呢！

　　就这样，头年的学习很快就过去了。进入第二年的时候，我们就开始商量他的博士论文选题。鉴于他在日本殖民时期内蒙古地区历史方面的史料积累和研究兴趣，加上此前与张亦功先生谈定的那个立项，我就把他的博士论文的题目初步定为"日本占领时期的内蒙古历史研究"。

　　把这个题目定下来以后，我俩都很兴奋。正好一九九九年的元旦快到了，我就把他请到我家，搞了一个传统的元旦聚餐。叫"传统聚餐"有两个意思：一是这样的聚餐搞了好多年了，每年过年都聚，形成习惯了；二是吃的、喝的都是蒙古族的传统风味。

　　一开始他让去他家。我说别了，年年在你家，今年换个地方吧！你顺便看看我的手扒肉学得怎么样了，终不能你这博士生也毕业了，我的手扒肉还没学会吧！再说，我家储存的酒比你的多，白的、红的、啤的、洋的，由你挑，想喝什么喝什么。听我这样说，他也就不硬坚持了。

　　那天去了有十来个人，都是我们蒙古史研究所和近现代史研究所的。金海的夫人没去。我和我的夫人炖了两大锅羊肉，一锅是新鲜的现羊肉，一锅是半干的风干肉，炖了满满两大锅。一赶他们来，就已经炖好了。我请金海先鉴定一下。他每样尝了一块,说:可以了,能毕业了。不过,我最爱吃的还是这种半干的风干肉,能吃出草原上的味儿来。

我说:既然肉可以了,那咱们就定酒吧,看大家想喝哪种。这几个家伙,把我的存货翻了个底朝天,这个要喝白酒,那个要喝洋酒,有的是每样都想来一点。我说,那就都打开吧,想喝哪种喝哪种!

一开始大家喝得还很文雅,互相也很谦让,像群知识分子;后来就不是那回事了,人人都是水泊梁山的英雄汉,个个都是李谪仙李太白再世。不知是谁,嫌小酒盅喝得啰嗦,非让换成大碗,要体验一把"大块吃肉、大碗喝酒"的感觉!

什么感觉?醉呗!酒那个东西,喝到一定程度,人就麻木了,度数再高的酒,喝到嘴里也不觉得辣了,就像水一样。那还有不醉的?包括金海,到后来也有些立足不稳了。他到底量大,酒虽然多了,人没醉,只是一首接一首地给大家唱,唱他的乌审民歌。

草原上的歌向来跟酒是孪生兄弟。有酒没歌,喝不起兴致来;有歌没酒,唱不出味道来。

那天晚上对金海来说,酒是喝到极致了!十几年了,这帮弟兄谁也醉过,就是没见金海醉过;那天晚上,金海也多了,确实多了。只有在多了的状态下,他才把歌唱得那么有韵有味,那么如泣如诉,唱到后来,连他自己都哭了……

那天晚上,对这群朋友们来说,互相之间的情谊已经浓得很难再分开了。这群工作在内蒙大学这座高等学府的中青年教授们,平日是很难像今天这样放松自己的:在工作场合,他们得温文尔雅,显出学者的风度;在学生面前,他们得为人师表,保持教师的仪表。而在齐木德道尔吉家的客厅里,在一九九九年元旦前的这个晚上,他们把平日的所有束缚都去掉了,他们一个个还原了本真的自己:想喝就喝,既喝就喝他个一醉方休;想唱就唱,既唱就唱他个淋漓尽致;想笑就笑，既笑就笑他个忘乎所以……

那场酒一直喝到次日两点，从一九九八年的岁末一直喝到一九九九年的元旦。

当一九九九年露出她第一个晨曦的时候，那群醉卧在梦乡里的朋友，谁也没有意识到：一九九八年最后一天的那个夜晚，竟是他们这帮朋友在一起度过的最开心的也是最后的一个夜晚，从那之后，他们再没有那么齐齐楚楚地聚过，再没有像那天晚上那么开心过，再没有像那天晚上那样忘乎所以地喝过。他们的好朋友金海，再没有给他们一首接一首地唱过。那天晚上他们听到的那一首首有韵有味、如泣如诉的乌审民歌，竟成了他们的好朋友金海留给他们的最后的绝唱……

许多年后，齐木德道尔吉和他的夫人还能记起那天晚上的情景，还能想起金海站在客厅唱歌时的样子，耳朵里仿佛还能听见金海最爱唱的那首优美的《送亲歌》：

鸿雁展翅向南方，
芳草低头躲秋凉；
含泪告别阿爸阿妈，
孩子出嫁到远方。

云雾缭绕在草原上，
秋风吹来花凄凉；
含泪告别众乡亲，
今日出嫁到他乡！
……

第六章

黑 障

- ⊙ 一定要给我顶住
- ⊙ 癌症病人大都是吓死的
- ⊙ 硬硬铮铮站起来,乐乐呵呵活下去

16. 一定要给我顶住

酣睡中的道尔吉是让林娜的电话吵醒的。他看了看表,是上午九点。

"道老师,金海还在您那儿么?"

金海跟他读博后,林娜也改口称他道老师了。

"他昨天晚上就走了,不过走的时候就已经三点多了。"

"可他现在也没回来,会去哪儿呢?"

听到林娜在电话那头焦急的声音,道尔吉竭力回忆着昨晚的情景。他尽管没有醉倒,但已经很晕乎了,脑袋到现在还昏昏沉沉的。他依稀记得金海是和所里的另外两位同志一起走的。宝音德力根喝多了,走路直打晃,金海说要送他回家。会不会住到他家呢?道尔吉把这个情况告诉了林娜。林娜随即把电话直接打到了宝音德力根家,金海果然在,说几个人正喝奶茶呢,让林娜放心。

几分钟后,电话又打到道尔吉这边来了。这回是赛航打来的,说他也和金海在一起,就在宝音德力根家。赛航在电话里说:

"有个情况我想跟你说一下。昨天晚上我们不是都没走吗,今天一大早,宝音德力根的儿子见客厅里横七竖八地躺着我们这几个醉汉,就挺好奇地扒在沙发上看。看着看着发现问题了,就跑过去把他爸摇醒了，说金海叔叔鼻孔里边有条肉虫子，还动呢！他爸过去一看，可不，金海鼻孔里果然有个肉质的虫子状的东西，随着他的鼾声，一颤一颤地动，因为他仰面躺着，所以看得特别清楚。宝音德力根就把金海叫醒，问他鼻孔里边是个什么东西？金海说，好长时间了，堵得难受，还经常流鼻血。问他去医院看过么，他说没，鼻子里边能有什么事，可能是上火了。这个时候我也醒了，我也过去看了一下，确实有个多余的东西。金海早晨起来流鼻血，不是一天两天了，一九九七年就开始流了，后来流得越来越勤。我说过他多次，让他去医院查一查，没事儿当然最好，咱们就放心了，有事儿也好及早治。四五十岁的人，正是身体最容易出毛病的时候，是'多事之秋'，大意不得。我说过多次，他就是不听，根本不当回事，我又不敢跟林娜说。你是他的博导，你说话他听。我的意思是你跟他讲一下，给他下个死命令，让他无论如何去查一下。"

道尔吉一听，也觉得这种事不能大意。这两年，全国各大专院校因为疾病英年早逝的中年知识分子多了去了。金海这个人，前些年是在学习上不要命，这两年是在工作上不要命，一忙起来根本不把健康当回事，这样的人，身体最容易出毛病。想到这儿，他对赛航说：

"好，过起节来我就找他。"

第一次检查是在内蒙医院，是林娜陪着金海去的，直接挂了耳鼻喉科。做完常规检查后，大夫要求再做"活体解剖"。所谓"活体解剖"，就是切片化验。切片化验的结果要等两天才能出来，两个人就回去了。

取化验结果那天林娜没叫金海，是她一个人去的。往耳鼻喉科走的路上，心里就有些忐忑不安。听说来取金海的化验单，那位戴金丝眼镜的胖胖的中年大夫很异样地看了她一眼，然后问：

"你是金海什么人？"

"我是他妻子。"

"金海来了吗?"

"没有。"

"情况很不好。初步诊断,病人得的是腺样囊性腺癌,又叫上颌窦癌。当然,这仅仅是怀疑。我们建议去北京协和医院再复查一下。如能排除,当然最好。一定要抓紧时间,这种病宜早不宜迟……"

那位胖胖的大夫还在说着什么,林娜一句也没有听进去,她人整个儿慌了,腿软得站都站不住,两眼冒金星,全身出虚汗,只觉得天在旋、地在转,门诊大楼像是发生了地震一样。她赶紧扶住耳鼻喉科的墙,在身旁的一个长条椅上坐下来。她强迫自己不要慌,要镇静。过了好长时间,人才渐渐地镇定下来。

她马上想到了敖姝真——她的鄂温克老乡。敖姝真在内蒙医院工作,是大夫,她一定知道该怎么办。

她掏出手机,拨通了敖姝真的电话。没等说话,人先哭了。她告诉敖姝真:"医院的诊断出来了,怀疑是癌……我不知道该怎么办,我现在还在内蒙医院,你快过来帮帮我,帮我拿拿主意……"

十几分钟后,敖姝真就赶过来了。她把那张诊断书翻来覆去看了几遍,又返回耳鼻喉科,跟那位戴着金丝眼镜的胖大夫商量了半天。两人最后的意见是:马上到北京复查,看北京的大医院怎么说。

北京的检查结果也出来了。出结果的当天就向道尔吉汇报了。这回是金海本人汇报的。

"确诊了,是上颌窦癌。要做手术。"金海在电话里说,声音很平静,听不出有一丝的慌乱。

内蒙的那次诊断,道尔吉先前就知道了,金海他们去北京之前就知道了。像所有的朋友们一样,他也希望这次诊断是误诊、是怀疑,他也盼望北京的专家们能推翻内蒙作出的诊断,他寄希望于北京,寄希望于协和医院的专家们……

然而，他失望了，北京专家的诊断并没有如他所愿。在接到电话的一刹那，他愣了，足有一分钟一个字也没有说，他不知道该说什么。

金海反倒比他镇静，在电话那头说：

"道老师，我没事。我有准备……"

"好，你能这样就好！"道尔吉叫着金海的名字说，"金海，你现在无论是学业还是事业，都正在关键时候，这时得上这种病，无论搁在谁身上，都是极大的不幸，都是极其痛苦的。但是，你一定要给我顶住！一定不能垮！精神不能垮，意志不能垮！只要精神和意志不坍塌，身体就不会垮下来，病魔就不会太猖狂！"

"咱俩不是经常说么，人怎么活也是个活，迟早都得死。你现在这么大的挑战来了，就得从心理上战胜它！你无论如何要给我顶住！"

"道老师，你放心，我能顶住。"金海说。声音不高，但听上去很有力。

"有什么困难跟我说。中间有什么事及时联系。"临放电话，道尔吉又说，"过两天我到北京去看你。"

手术是一九九九年三月八日在北京协和医院做的。

手术的名称叫"右上颌骨扩大切除术"，病理为"腺样囊性腺癌"。

手术进行了整整三个小时。据主刀大夫后来跟林娜讲："手术很成功，病情没有原先估计的那么严重，主要是癌细胞还没有四处扩散。该切除的都切了，应该说是很彻底的。病人身体素质不错，除过这个部位，全身所有的器官都没问题。精神状态也好，很配合。放疗再跟上，保守地讲，活个三年五年没问题！"

手术的伤口愈合后，很快就开始放疗了。那是一个相当痛苦的过程，每次的时间虽然很短，但是，每过几天就得来一次。

做完手术，他们就从协和医院出来了，在医院附近住了个小旅店，一边恢复，一边放疗。做手术前，金海的妹妹、弟弟都来了，见手术做得很成功，放疗开始后，他们就都回去了，就林娜一个人打理照料。内大不断有人来，室里的、所里的、中心的、学校的，同事们知道做手术前前后后花销大，给捐了不少钱。

道尔吉去的那天，金海刚从医院做完放疗回来。这已经是第三次放疗了，据说这样的放疗要做二十多次。

天哪！出现在道尔吉面前的金海简直"面目全非"了！若不是林娜在旁边陪着，若不是在这个逼逼仄仄的小旅馆里，若是马路上迎面碰上，他无论如何认不出这就是他的金海——上颌骨切掉后，半个脸塌陷下去了，整个面部完全变了形。脸上的线还没有拆掉，猛地看上去，脸上像是打了几块补丁。加上放疗打的红线，横七竖八的，简直跟毁了容差不多。但是，金海的精神状态还好，并没有因为病、因为脸上成了这个样子而表现得颓废和沮丧，这让道尔吉心里感到些许欣慰。

简单地问寻了几句，道尔吉把他们夫妇俩请出来，找了个吃涮羊肉的地方，他想让金海香香地吃上一顿。

涮羊肉是很不错的，各种配料也很地道，然而，金海却吃得相当困难。嘴巴和鼻子原本就是通着的。现在，半个鼻腔挖空了，半个上颌骨切掉了，尽管塞了些起替代作用的填充物，里面仍然空空的。每吃一口都得分外小心，总得拿手捂着，生怕送进嘴里的食物流到别的地方去。进食困难，咀嚼困难，吞咽困难，说话更困难……

见道尔吉脸上现出伤感的表情，林娜的脸上又滚下两行泪来。她怕金海看见，急忙拿手背抹去。金海却一副若无其事的样子，继续一口一口地吃着，好像吃得很香，吃得很熟练。

七心八事地吃了一顿饭，道尔吉也不知吃到哪里去了。他招呼小姑娘过来结账，小姑娘指了指林娜，对道尔吉说："这位女士已经付过了。"

道尔吉很不高兴地睃了林娜一眼:"你这是……"

"是金桑让我去结的……"林娜像是做了件错事似的嗫嚅着,气得道尔吉不知该说什么好:

"金海,都甚时候了你还这样?你这是跟谁?"

17. 癌症病人大都是吓死的

出现在道尔吉面前的金海是真实的,他没有在他的导师面前掩饰自己。因为这时候的金海已经从最恐怖的"黑障"中闯过来了。

金海知道自己的病情是在临去北京之前。

去内蒙医院检查时,他还很不以为然,完全是为了应付那些关心他的人才去的,他觉得那些人——包括赛航、包括道老师——太有点小题大做了,不就是流了点鼻血么,这有啥大惊小怪的。所以,检查完就完了,他压根儿不去关心检查的结果。

三天后他就觉得有点不对劲了。他发现大家的眼神都飘飘忽忽的,谁也不敢跟他对视;包括林娜在内,不再像前些天那样没完没了地跟他谈这件事了,检查了个什么结果,在他们来说好像都无所谓了。这是极不正常的!曾几何时,这些人恨不得把他绑架到医院去,现在这是怎么了?他隐隐约约觉得这些人在不约而同地向他隐瞒着什么,在竭力回避着一件什么事。能有什么事呢?无非是自己的病吧!一定是诊断的结果不大好,自己的身体出现大问题了!

他见林娜下午从外面回来就默默地收拾出门的东西,就问林娜:"你这是要去哪?"

林娜叹了口气,说:"医院建议咱们去北京再复查一下,他们说最好是把鼻子里边那个东西切掉,一是怕时间长了引起病变,再就是影响你呼吸,怕造成窒息。下午道院长、郝老师他们商量了一下,让咱们尽快去北京，我跟我们部里也请过假了。你也收拾你的东西吧，票买好了咱们就走。"

"这么大的事，我不问你也不说。我工作上还有一大堆事呢，哪能说走就走？"金海说着，显得很不高兴，"你把医院的诊断书给我，我看上面都说了些啥！"

一听说要看诊断书，林娜当下就慌了，慌得不知该如何应对。这个从来没有撒过谎的人，装模作样地找了一气，然后说：

"想起来了，赛航压根儿就没给我，他拿着跟北京协和医院在联系……"

晚上吃过饭，金海让林娜坐到沙发上，他握住林娜的手，眼睛定定地看着林娜，说：

"林娜，你跟我说句实话，我的病是不是很严重？"

林娜摇了摇头，什么也没有说。

"你告诉我，我能承受。都压在你肩上，你受不了。"金海还在追问，"是不是癌……"

"别问了，到了北京就清楚了……"林娜从沙发上猛地站起来，一个人跑到卫生间去了，老半天没有出来。

是的，到了北京就清楚了。

往协和医院一住，出来进去的全是那种病人，眼睛里看的、耳朵里听的、走廊里见的，几乎都离不开那两个字，别说金海这样的聪明人，就是搁个旁人，也早就心知肚明了，不过彼此瞒哄、互相欺骗罢了。

例行的复查很快就出结果了：与内蒙医院的诊断完全一致，而且要求立即手术。

林娜企盼中的最后一线希望也彻底破灭了。尽管原先就没敢抱太大的希望，但它总还是有点盼头的；如今连这点盼头也没有了，这铁一般冰冷的现实像山一样无情地横在了身材娇小的林娜面前——她只能勇敢地面对了。

她也不能再瞒哄金海了——其实,从一开始她就没有瞒得住——两人一起走进了大夫的办公室,要和大夫商量做手术的事,商量治疗的事。

金海出奇的平静,平静得像在谈论别人的事。这让那位见多识广的主治大夫也觉得有几分惊奇。

他们很快就敲定了做手术的时间,敲定了接下来要做的放疗。一切以大夫的意见为准,他两个无非是一一确认。

在林娜出去办相关手续的时候,金海瞅住机会问了大夫几个问题:一、在同类病人中,我这种情况是属于最重的还是一般的?二、就我这种情况一次手术能否把癌细胞斩尽杀绝?就是说,手术成功的把握有多大?三、乐观地估计,还能活多长时间?悲观地估计呢?

大夫见他问得十分坦然,也就不加掩饰地回答了他提出来的这几个问题。最后,大夫拍着金海的肩膀说:

"金先生,我看你是个很有素养的人,略微多说几句。根据我的观察:世上三分之一的癌症病人是自己把自己吓死的,一听说是得的癌症,自己首先垮了,觉睡不着,饭吃不下,二十四小时都在恐怖中度日。这还有个不死的?另有三分之一是处置不当,治死的。剩下的三分之一才真正是因为病痛的折磨去世的。你刚才问能活多少年,我现在告诉你,咱们协和医院现在就住着一个患者,是天津来的,跟你得的是同样的病,他的身体素质远不如你,从做第一次手术到现在,已经二十年了,现在还活得好好儿的。有时间,你也可以找他聊聊。总而言之,既得上这种病了,那就得坦然应对,该吃就吃,该睡就睡,千万不要让病把你吓住,这是很重要的,但是多数病人做不到。金先生,我看你能做到!"

坦率地说,大夫的这番话,对稳定金海的情绪,帮助他沉着应对,是起了至关重要的作用的。

18. 硬硬铮铮站起来，乐乐呵呵活下去

那年看杨利伟从太空返回地球的电视直播，金海学会了一个词叫"黑障"。说飞船进入大气层后，有那么一段时间，航天员与地面是无法取得任何联系的，地面也不知道他在上面的任何情况。飞船与大气的剧烈摩擦，使船体的外壳温度会急剧上升到摄氏2000度，这时的飞船就是一个急速下坠的"火球"。据说，待在那个"火球"里的航天员在那段时间里是极度恐怖的。人们就把这个现象叫做"黑障"。

金海觉得，自己眼下就处在这样的"黑障"中，内心是极其恐怖的。

白天怎么也好说，不断地有人在跟你说话，不断地有大夫护士在进行各种诊疗，你还得不断地进行吃喝拉撒这些活动。一白天忙活上这些，时间也就过去了，人也顾不上细想别的。

难熬的是晚上，是熄灯以后。外面的一切都静下来了，忙活了一天的人们都该休息了，唯有人的大脑还在继续忙着一白天没有忙完的事。心理上的折磨这个时候才开始了。

金海还算是幸运的。也许是药物的作用，也许是他多年来养成的习惯——每天晚上上床以后，他竟能很快地入睡。他幸运地躲过了多数癌症患者每晚上床后辗转反侧、无法入睡的煎熬。

但是，他也有难熬的时候。他难熬的是后半夜，是黎明前。

记不清是从哪天开始的，睡到后半夜的时候，他突然被惊醒了，没有什么动静惊扰他，是噩梦把他吓醒的！

一直以来，他始终相信自己是一个彻底的唯物主义者，肚里没有鬼，心中没有神。可是，近些天那些鬼呀、怪呀总是没来由地惊扰他，

一入梦就尽是蒲松龄在《聊斋志异》中描述的场景,尽是些许多年前死去的熟人,尽是些离奇古怪的跟生命末日相关的让人毛骨悚然的事情——他就是让这样的噩梦吓醒的。

从噩梦中醒来的金海,竟有一种生命即将结束的"临终"前的恐惧,心慌得要命,心悸得要死,全身都是冰凉的冷汗。

他睁开眼看了看,屋里黑黑的,没有一丝亮光;他侧过头听了听,屋里静静的,没有一点声音;他伸开手摸了摸,褥单凉凉的,没有一点温度……他顿时冒出个奇怪的念头:人死了大概就是这种感觉吧。一想到"死",那种"临终"前的恐惧又一次电击般的袭上他的心头,一股股冷汗又从脊背上冒了出来,他想伸手抓住些什么,他想开口呼喊些什么……

他猛地坐了起来,用力地甩了甩脑袋,想竭力挣脱死亡的困扰,强迫自己冷静下来。

他在床边静静地坐了十几分钟,才感觉渐渐地好了一些,又摸索着给自己倒了半杯水,一口一口喝下去,这才重新躺下来。

睡意是没有了,完全没有了。平静下来的金海想,不如用这段时间把自己的思绪很好地梳理一下。好多事,想通了,理顺了,做起来就容易些,人心上也会好受些。

人,谁不怕死?说不怕是假的,那是没有轮到自己头上。

以前,金海也开导过别人,大道理套着小道理,小故事连着大故事,又是引经据典,又是现身说法,也讲得头头是道。当初劝别人的时候,自己思想上对死亡的理解是模糊的,总觉得那是很遥远的事。

今天,当那件遥远的事情非常清晰地来到自己面前需要自己实实在在面对时,金海才明白了死亡的真正含义,才感受到死亡是这么可怕。

死亡是什么?就是自己的彻底离去。从此,这个世界就跟自己没有任何关系了,包括自己的亲人、家庭、单位,自己的民族、祖国,以及这个地球乃至整个宇宙，都跟自己没有关系了。四时还在寒来暑往，人们还在春种秋收，人类还在生生不息，但是，所有这一切都跟你没有关系了；从此开始，这个世界上再没有你这么个人了，而且，此后也永远不会有了。你将变成一缕青烟，变成一堆粉末，你的名字在后人眼里将变成一个越来越陌生的符号……

想到这里，金海的全身不由地一阵阵颤栗，一股股冷汗又冒了出来。

是啊，当死亡的阴影真实地来到你面前时，当你清醒地意识到自己的生命即将结束时，那种来自心底深处的对死亡的恐惧和对人世的留恋，大概所有的人都是一样的，不管你是先进的还是落后的、伟大的还是渺小的、特殊的还是普通的、富有的还是贫寒的、当官的还是当兵的、高素质的还是低素质的，在这个时候都是一样的。所不同的是，有的人被死亡的威胁彻底地击垮了，顷刻间就表现得悲观绝望、万念俱灰，在此之后，他们或者是贪婪地享受"最后的时光"，或者是愚蠢地乞求"上帝的护佑"，或者是绝望地打发"剩余的时日"；有的人却能理智地制服对死亡的恐惧，使自己从这种困扰中解脱出来，从容地面对死亡，勇敢地战胜自己，在生命的剩余时间里把该做的事情做完，把能做的事情做好，漂漂亮亮地走完生命的最后一程。

我们的金海就属于后者。

他自信自己是个睿智的人，是个豁达的人。得病不由人，既然得了，那就要坦然面对。怕，不解决问题，只能使事情更糟。道老师说得对："人必有一死，这道坎儿谁也绕不过去，普通百姓绕不过去，高级领导人照样绕不过去，无非是早几年晚几年的事。"这样一想，他也就把这件事情看开了。

看开了心里就豁亮了！咋活也是个活。与其可怜巴巴泪水涟涟地在恐惧中苟活，何不坦坦荡荡乐乐呵呵地在快乐中生活呢？这样做，自己活得有质量，家人跟着少受些苦；反过来，也会对治疗有所帮助，弄好了还会延长生命，何乐而不为？自己是个受过高等教育、具有良好素质、又有点社会声望的学者，在生死这样的问题上，应当有一个豁达的态度。

这样想过之后，金海越觉得脑袋清醒了，身上好像也轻松了许多，他又坐起来给自己倒了半杯水，一口一口地喝下去。

林娜在那个床上睡得正熟。这个淳朴善良的女人，这个跟自己共同生活了十七年的妻子，在这一个多月里可真受了大罪。自己是身体上遭罪，她是心灵上遭罪。自内蒙医院诊断出来，她就受上磨难了，又要找这个、问那个，请人家拿主意、催人家想办法，又要在他面前装笑脸、做掩饰，生怕他看出破绽来。有泪不敢流，有话不能说，她多难呀！自己要是很快就走了，她那个肩膀上能挑起全家这副重担吗？她一个人能把儿子带大吗？她本来就胆子小，这段日子担了多少心，受了多少怕？唉，自己无论如何得硬硬铮铮地站起来，乐乐呵呵地活下去，不说别的，就是为了自己的妻儿，也得这样做啊！

由妻儿又想到了父母。前两天，金峰和乌兰其木格都在这儿陪着。听他两个讲，最近两个老人的身体都也不好，尤其是父亲，过完年更不如从前了。父亲今年虚岁七十五，按说不算大，老人家一辈子没过几天舒心日子，心里一直是疙疙瘩瘩的。母亲活得更憋屈，几十岁的人了，就不知道外面的世界是个什么样！老说把二老接过来，让他们和自己住在一起，亲眼看看现代化的城市生活，好好儿享享儿孙们的福！自己真要是前头走了，这点孝心可就来不及尽了，这事儿传到二老的耳朵里，他们咋能承受得了？还不把俩老人折腾死？自己无论如何得硬硬铮铮地站起来，乐乐呵呵地活下去，不说别的，就是为了两位老人，也得这样做啊！

由家里又想到了单位。单位还有几摊子事在等着自己做呢！

头一摊子就是读博。去年秋天才开始，道老师要求读的那几本书，元旦前刚读完。毕业论文，也只是刚开了个题。道老师也好，郝老师也好，还有《历史研究》的总编张亦功先生也好，都对自己寄予了厚望，自己怎么能说走就走呢？不说别的，就是为了回报他们三位的厚爱，不辜负他们的厚望，自己也得硬硬铮铮地站起来，乐乐呵呵地活下去！

再一摊子就是带研究生。那些学生跟上自己学得正来劲，有两个还真是好苗子，很有培养前途。自己真要半道上走了，孩子们学得半半拉拉的，这不是误人子弟么？所以说，自己一定要硬硬铮铮地站起来，乐乐呵呵地活下去，不说别的，就是为了这几个研究生，也得这样做啊！

还有一摊更重要，那就是他正在编纂的《内蒙古通史》和《蒙古民族通史》。这两套大部头的著作，不仅凝聚了史筠、特布信、郝维民这些老一代史学研究者的心血，也凝结着"蒙古史研究所""内蒙古近现代史研究所"新一代研究者的汗水和辛苦。特别是《内蒙古通史》第六卷、《蒙古民族通史》第五卷，更是他和赛航一个字一个字抠出来的呀！现在，这两套书虽然有了一点眉目，但离正式出版还有很长的路要走。看不到这两套书出版，自己可真是"死不瞑目"啊！所以说，无论如何要硬硬铮铮地站起来，乐乐呵呵地活下去，不说别的，就是为了自己钟爱的史学事业，为了完成倾注了自己半生心血的这些著作，也得这样做啊！

更何况，你金海是给自己立了志的，尽管这志向从来没对任何人讲过，没讲不等于没有呀！年轻时，你自己曾在心里暗暗发誓："此生就以贺希格巴图为榜样，像他那样学习，像他那样著述，像他那样拼搏，学会多种语言，掌握广博知识，做一个对老百姓有用的人，对社会、对历史有贡献的人，家乡人民喜爱的人。"如今，若是壮志未酬身先死，到了那边如何好意思见贺希格巴图老人呢？所以说，自己一定要硬硬铮铮地站起来，乐乐呵呵地活下去，要不，愧见先人呢！

……

在协和医院做完第一次手术后的那段日子里，在他和林娜租住的那家小旅馆的单人床上，在黎明时分一次次从噩梦中惊醒之后，金海就这样默默地一遍遍梳理着自己的思绪。渐渐地，他从最初的惊悚中平稳下来，从最初的慌乱中镇定下来了。

他知道，自己的时间不多了，就按那位大夫的说法，乐观地估计，他大约还有十年左右的时间；短一些，也应该还有五年吧；悲观地估计，也许就是一两年了。他觉得，对自己来说，生命的长度就是这样了，无法选择了，但生命的宽度还是完全可以由自己主宰的。他可以在有限的生命长度内，尽可能地多做些事情，这样也就等于把生命的宽度拉长了。按照这个思路，他给自己定了三套计划，一套是十年的，一套是五年的，还有一套只定了一年。

如果命运之神对他宽容，能大大方方地给他十年，那么，他计划中的所有事情应该都可以完成，那对他来说就太幸运了。但是，他不敢把自己的命运想得太好，他还是立足于把大部分事情在五年内做完，因此，他的五年计划是定得最细，也是最实的一个。当然，那个一年的计划他也是定得很细的，那是个浓缩了的精选出来的计划，要办的都是最当紧的、必须办的。

无论哪个计划，实施起来都需要一种赛跑的精神。跟谁赛跑？当然是跟时间赛跑，跟命运赛跑，跟病魔赛跑。金海记得小学上语文课时有过一篇课文叫《飞夺泸定桥》，是杨成武写的。讲的是长征途中红军先头部队与国民党军争夺泸定桥的故事。红军在大渡河的这边急速前进，敌军在大渡河的那边拼命追赶。两军相遇勇者胜，最终还是英勇的红军突击队先敌军一步赶到，夺取了泸定桥，保证了主力红军顺利渡过大渡河。金海觉得，自己现在就得有红军当年的那种赛跑精神，非此而不能实现自己的计划。

两个月的放疗结束了，林娜和金海开始收拾行李，准备返回呼和浩特了。

临走的前一天，金海突然问林娜：

"你看我现在的精神状态怎么样？"

"我看你挺好的，白天能吃，黑夜能睡，比刚来那阵子强多了。"

"我也觉得挺好的。"金海兴奋地说，"实话告诉你，我已经从人们常说的那个'黑障区'闯过来了。对癌症病人来说，能闯过那道关，就有了成功的希望了——你知道不，有相当多的病人，没等走出那个'黑障'，人就完蛋了，他们是被吓死的！你知道不，对我来说，穿过那个黑障意味着什么？"

林娜摇了摇头，认真地听金海说。

"意味着我像航天员一样，又可以回到我的营地、回到我的岗位了，又可以和我的同事们一道，继续从事我的'未竟之业'了！你说我能不高兴吗？"

一九九九年五月，金海和林娜就是怀着这样的心情，回到呼和浩特的。

第七章

坚 持

- 讲不成课咱们就搞研究
- 博士论文是这样写成的
- 最值得庆贺的两件事

19. 讲不成课咱们就搞研究

从北京回来的第二天，金海就遇到一件很伤心的事。这件事极大地伤害了这位年轻学者的自尊心，甚至动摇了他积蓄力量、重登讲台的信心和勇气。

那天早晨，他还像往常那样出去晨练。做完手术后不能跑步了，一早一晚散散步还是可以的。他记得在协和医院住院时那位天津病友的话："要想活下去，要想战胜那个可恶的家伙，就得能吃、能睡、能锻炼，保持一个好的体质，这样才能承受一次又一次的手术，承受没完没了的放疗。"在北京住在那个小旅馆没办法锻炼，现在回来了，他想把晨练再恢复起来。

下去走了没几步，见一个小女孩在花坛旁扑蝴蝶。金海悄悄地走到姑娘身后想帮帮她。小姑娘猛一回头，看见金海脸上的那个样子，"哇"的一声就哭了。小姑娘的妈妈赶紧跑过来，一边哄她的孩子一边就责备上金海了，话说得非常难听。

金海正说走过去看用什么方式表示个道歉，谁知那女人竟像躲避瘟疫一样拽着她的孩子一溜烟走了。一时间金海就愣在那儿了，老半天回不过神儿来。他再没有勇气晨练了，一个人迈着沉重的步子，一步一步向楼上走去。

见金海这么快就回来了，林娜也觉得奇怪，正要问，见他脸色特别难看，气得呼呼的。林娜不知一会儿工夫发生了什么事，是谁让他生了这么大的气？

"你这是怎么了？哪里不舒服？"林娜一面扶着金海让他在沙发上坐下，一面关切地问。

金海老半天不说话，只是呼呼地喘气。过了好一会儿才说："我的面容真有那么可怕吗？"

"不可怕，谁说可怕？脸上不就是贴了块纱布吗？这有什么好怕的？"林娜竭力地淡化这件事，她近来一直在用这样的方法开导她的金桑。

金海把刚才在楼下发生的事简单地说了一遍。然后，他跟林娜说："看来我确实不能再上讲台了……"刚说了这么一句，金海就哭得说不下去了。这是这个刚强的男人第一次在妻子面前掉眼泪。在协和医院知道自己得了绝症后他也没有掉过一滴泪。今天，因为不能再上讲台的事，他伤心地哭了。林娜知道，他这是舍不得离开他钟爱的教育事业，舍不得离开他干了十七年的教师岗位呀！

这样的事在北京就有过一回，也像今天这么难受，但他没有掉泪。那是做完手术拆了线的第二天，金海从镜子里看到自己变得面目全非的面容时，难受地低下了头。他甚至跟林娜说：

"这跟毁容有什么两样？早知搞成这样，还不如不做这个手术呢！"

"不做？听大夫说，要是扛着不做，怕是连一年也坚持不下去。"

"这倒好，好端端一个人，一下子弄成残疾了……"金海懊恼地说。

"别说还不是残疾，就是真的成了残疾又怎么样？四十多岁的人了，美哇咋呀，丑哇咋呀，反正我是不会嫌弃你的；就是真的成了残疾，我也不会嫌弃的，绝对不会的，你只管放心好了。"

刚做完手术的那几天，嘴里兜不住风，金海一句话也说不清，急得直挠头。林娜跑出去买了块小学生练字用的塑料板，金海有什么话就写在那个塑料板上，两口子就通过那个东西交流。经过两个多月的锻炼，一赶回呼市，尽管咬字还是不清，连蒙带猜，林娜也能听个八九不离十了。回来的路上金海还说，"回去无论如何得把会话练好了，否则，别说给学生讲课了，博士论文答辩就没法儿过！"

谁能想到，刚回来就遇了这么个事儿！

"金桑，你不要这么灰心，我看你这阵子咬字清楚得多了，这才两个月不是？再练上半年六个月，即便恢复不到原来的水平，正常的讲话是不会有大问题的，你要有这个信心。"林娜继续开导。

"就算说话的功能恢复了，这副'尊容'呢，也能恢复吗？就我这副模样往讲台上一站，你说学生是该看我的惨相呢？还是该听我讲课呢？到时候再要来上今天这么一出，我这脸该往哪儿放？"

极爱自尊的金海讲的句句是实情，林娜也无以应对了。两人沉默了一会儿，林娜又接着开导：

"金桑，你的工作跟我的不一样。我见天起来都得去单位，一天不去，那就叫旷工。你们研究所不用坐班，坐在家里就可以工作。所以说，就算课讲不成了，咱们也可以搞研究呀，就在家里研究，咱谁也不见，这总可以吧？你这么聪明的人，又是大学者，最近这是怎么了，老得我这个'甚也不懂的本科生'给你做工作？"

林娜的一席话，这回可说到金海的心上了，金海再没吭声。

那天晚上林娜上床后，金海一个人又在写字台前坐了好一会儿。他打开日记本，写了好长一段话，都是他内心的真实表露——

今天那件小事对自己刺激不小，仔细想不算坏事。未来的路肯定越走越难，自己显然还是缺乏足够的精神准备。所以说刺激一下也好。

近来让那病闹得人脆弱了不少，反不如一向娇弱的林娜了，她心上的压力本来就重，再让她来不断地做我的工作，这可不好！

今年下决心专攻三件事：一、读博，无论如何要拿下来，它纵是座高山，我也要攀过去；二、著述，所承担的部分，只能干得比别人好，不能干得不如人，更不能扯人后腿；三、会话，练好吐字，为一年后的论文答辩和重返讲台做准备。

散步还得坚持，错开上下班的高峰就是了，否则，真成了"一朝被蛇咬，十年怕井绳"了。

林娜说得对：万一课讲不成，那就悉心搞研究，用自己肚里的知识、手里的资料、身上的勤奋，在内蒙古近现代史这个领域，拓开一条路，架起一座桥，让后面的人从这桥上大步前行！

20. 博士论文是这样写成的

金海把他的精力都放到博士论文的写作上来了。

他和林娜从北京回来后，统战部盖的新楼刚刚竣工，给林娜分了一套，原来的房子得腾出来给别人住，新分的房子还得装修，两头都很乱。林娜怕影响他养病，就让他回了乌审旗。

走的时候背了两大包东西：一包是林娜给他开的中药，专治他的病的；一包是他的资料，是他写论文用的。

人老了就分外依恋故乡，总想回去看看，这就是所谓的"落叶归根"；人病了特别是得上绝症，更想回故乡看看，看看自己的亲人，看看儿时的伙伴。金海得的是癌症，尽管手术做得很好，但命运究竟能给他多少时日，他自己也不得而知。因此，这趟回乌审旗，他想一面安安静静地养病，安安心心地写作，同时也想看看他的亲人和小时候的伙伴。

金海是孝子。自得上那个病，他生怕走到两位老人前头去，来不及尽孝心。元旦前，他本来打算把两位老人接到呼市跟他一起住，后来查出病来，他怕两位老人替他担心，也怕林娜几头照顾太累，就打消了这个念头。他这次回乌审旗，就想陪两位老人在一盘炕上多住些天，白天晚上多拉些话，也算是一种弥补吧。

除过陪伴老人，金海还有一桩心愿。那天他回了趟自己的母校沙尔利格学校。学校这两年翻盖得很漂亮了，很难找见当年的印迹。他对学校的宝音达来校长说：

"贺希格巴图是咱们沙尔利格的骄傲，是我金海的偶像。我想在咱们学校给他立尊雕像，让他永远立在家乡的土地上，立在后辈儿孙的心上。"

宝音达来校长笑了，说：

"我们也早有这个愿望。就是苦于没有资金……"

"资金的事，咱们一起想办法。"金海说。

金海一介书生，他去哪里筹措这笔钱。再说，自他得了绝症，林娜为给他治病，不仅花光了家里的全部积蓄，还借下几万元的外债。他去哪里筹措这笔钱呢？他找到他的老同学孟克那顺，两人帮着沙尔利格学校跑乡里，跑旗里，联络在外面工作的沙尔利格人，大家一齐想办法，总算筹集到一部分款项，在乡里的主持下，立起了贺希格巴图的塑像。

金海的愿望实现了，贺希格巴图的雕像矗立在了沙尔利格学校的校园里，它将永远激励千千万万的乌审学子勤奋苦读，奋力拼搏。

办完这些事情后，金海就回到了父母住的小院，安安心心地写他的博士论文。

离开呼市的前一天，郝维民老师来家里看他。自从金海得了癌症，这位心地善良的老教授，不知流了多少眼泪，做了多少噩梦。金海是他亲自选出来的苗子，亲手带出来的弟子，亲眼看着一天天成熟起来的后起之秀。经过十几年的打拼，各种基础性的知识都铺垫得很厚实了，眼看就出成果呀，眼看就成大学者呀，得了这样的病！这段日子，郝维民见谁跟谁说——"金海的患病是偶然的，而他的成功是必然的！要不发生这场事，他一定会成为国际级的知名学者的！"

郝维民找到道尔吉，两个人相对流泪，扼腕叹息！在内大，他两个最了解金海的秉性，最清楚金海的价值，最知道金海一旦倒下，对研究所将意味着什么。在现在的中青年知识分子中，像金海这样一门心思做学问的不多呀，教职员中获得这个学位、那个职称的多得是，学位一个比一个悬乎，职称一个比一个高级，可是，有些人名不符实呀！现在的社会风气越来越浮躁了，学术风气也一样，有的人是干脆不具备专业能力，有的是有能力也不给你往工作上用，干工作蜻蜓点水、一带而过，花里胡哨、敷衍了事。你根本指不上嘛！

金海就不同了！他肚里头有干货，手里头有硬货，人又勤奋，这还有个干不好的？现在的中青年知识分子中，同时具备这三条的少之又少啊……

郝维民和道尔吉感叹了一顿，两人都想去北京看看金海。道尔吉考虑到郝老师上了年岁，不想让他情绪上受大波动，劝了半天，说定自己先去。

道尔吉从北京一回来，就把在金海那儿看到的情况给郝维民详详细细地讲了一遍，郝维民这才放心了些。他原来最担心的是金海经不住这次打击，怕人整个垮下来。

这回是听说金海结束了放疗，已经从北京回来了，就赶紧跑过来看望。他见金海成了这个样子——脑袋光光的，一根头发也没有了；右眼鼓鼓的，嘴巴歪歪的，说话嗡嗡的——一看这个样子，郝维民顿时痛从心来，他怕金海难过，强忍住没让泪水流下来。

金海说话还是非常困难，主要是嘴里圈不住风，声音发不出来，郝维民只能从他的口形和手势上猜个大概。

金海说，准备回乌审旗乡下待一段，一面养病，一面写论文。

郝维民听了很高兴。他告诉金海："论文不着急，可以慢慢写，当前第一位的任务是养病。到乡下后，环境变了，要调整好自己的心态，关键是不能让病把你拿住，更不能让它吓倒……"

"老师放心，我会的。你也知道，我干起工作来就是'一根筋'，根本顾不来想别的。它病它的，我写我的，谁也不管谁就是了……"金海对郝维民说。

"这也好，只是不要太劳累，毕竟刚做完大手术。"郝维民嘱咐他的弟子，"你记住，这篇论文一定要把它写好，要明显地超过十八年前的那一篇。要把你这十几年在学业上的进步、学术上的成果都体现出来。你不要仅仅把它当作一篇论文来写，还要把它作为内蒙古近现代史研究的一项重要成果来总结。昨天我还跟道老师讲，你完全有能力这样做，你有厚实的研究功底，有丰富的史料储备，又有勤奋的敬业精神，你一定能够拿出一篇漂亮的博士论文，一定能够写出一篇有价值的学术报告！老师等着你。"

郝维民的这番鼓励，无异于是送给弟子的一篇最好的出征前的祝辞。

金海就是按着老师的这些要求来撰写他的博士论文的。

史料都在脑子里装着,无须现翻;框架来回过了多少遍了,无须构思,一行一行往出打就是了。

然而,就是这样一件平素看来最简单不过的事情,如今在金海身上却成了难事。难到什么程度?若非亲眼所见,真是无法想象。我们还是听听当时在场的金峰是怎么说的吧:

> 做过手术的右脸特别疼,有时候见他疼得难以忍受,拿手捂着。右边的那只眼已经不大管事了,看东西全凭左眼。这样,打字的时候就只能用一只手在键盘上操作,用一只眼盯着键盘和荧屏。这样打,不光速度慢,还老出差错。因为右脸疼得厉害,打一会儿就得停下来喘口气。天气也开始热了,又疼又热,弄得他一会儿一身汗。我们在旁边看了都替他难受。
>
> 难受也没办法,谁也代替不了他,只能劝他别着急,慢慢来,多歇一会儿。
>
> 我们也试过,想让他口述,我们替他打。试了几次,不行。一是他咬字不真,说话含含混混的,根本听不清,你得反复问,问上几遍过来,他倒急了。再就是他写的东西过于专业,不是人名就是地名,除了专门搞历史的,别人很难弄清。与其来回问,还不如他自己打呢!
>
> 再后来,他索性把电脑扔到一边了,改成手写,这样虽然慢,但是差错少。他写,儿子录,正比原先快了。论文的后半部分,就是这样写出来的。
>
> 他写论文太认真,字典、词典,就在旁边放着,遇到吃不准的,总要查清楚了才往上写,一个字也不放过。他的记性那么好,人名、地名记得真真儿的,就那也不行,稍微有点疑问

就要查，查到依据才算完。

　　二十多万字呀，底稿写出来，摞在那儿一尺多厚，硬一个字一个字地往出抠。看了真让人感动。我们这才知道，学问原来是这样做！真不容易。

　　……

金海把论文的清样送到道尔吉手上的时候道尔吉也愣了：

"这么长的文章，你是怎样写出来的？"

金海笑了笑，依旧含混不清地说："你先看看，哪不行，我再改。"

道尔吉用了三天时间，从头至尾地通读了一遍。然后，他要通了郝维民的电话：

"太棒了，绝对是一篇最优秀的论文！"

"谁的论文？"

"当然是金海的，金海的博士论文。"

"这么快就出来了？"

"出来了！棒极了！我现在就开车给你送去。"

两天后，郝维民也对论文做出了相同的评价。

金海的博士论文答辩是二〇〇二年六月十七日下午在内大蒙古学学院二楼那间会议室进行的，整整答辩了四个小时。

会议的主持人叫杨天石，中国社会科学院的研究员。答辩委员会成员共七个人，除了杨天石，还有中国人民大学的杨栋梁教授、内蒙古师范大学的娜琳教授，再下来的四位都是内大的，分别是郝维民、白拉都格其、乌云毕力格、齐木德道尔吉。内大历史系的七十多名学生旁听了答辩。

经过三年多的反复练习，金海的会话能力基本恢复到了正常水平，不光吐字清楚，音量也说得过去，再借助麦克风，所有的人都可以听得清清楚楚了。

西服一穿，领带一系，使他又恢复了往日的精气神。他还特意戴了副带色眼镜，把鼓起的右眼遮了个严严实实，除了嘴巴略略有些歪和脸上那块新换的纱布，人们再也看不出他的病容了。

答辩开始了。几位委员一一发问。无论是远道而来的杨天石、杨栋梁教授，与内大一路之隔的娜琳教授，还是本校的四位教授，都针对论文的内容提出了不少刁钻的问题。金海成竹在胸，不慌不忙地从容作答，不仅博得各位委员的点头认可，而且赢得了旁听者的满堂喝彩。论文最终以七个A的满分顺利通过。

下面就是论文答辩委员会作出的评价：

日本帝国主义对内蒙古东西部地区实行的长期殖民统治是其侵华政策的重要部分。考察这一问题，有助于深入认识日本帝国主义的侵华罪行及其特殊的手段和方法，进一步推动民国史、内蒙古史以及日本侵华史的研究。因此，这是一项有重要理论意义和现实价值的题目。

金海同志的考察范围包括历史特点相差很大的内蒙古的东部和西部，上起清朝末年日本对内蒙古的渗透，下迄抗日战争胜利，空间、时间的跨度都很大，需要阅读和研究的各种文字资料数量庞大。论文史料丰富可靠。除日中两国已经出版的许多文献档案汇编之外，还大量运用了我国学界很少利用的日本现存历史档案、抗战时期成书的蒙疆和兴安省基本文献以及许多回忆录和日记史料。

在充分占有史料和系统叙述史实的基础上，作者对日本殖民统治的方方面面进行了深入和客观的分析，从而填补了一项空白，具有很高的学术价值。

作者实事求是地考察并叙述了日本对内蒙古的殖民统治，提出了许多有说服力的重要见解。

本文史料翔实，论点鲜明，论证充分，结构严谨，逻辑严密，叙述通畅，说明作者有扎实的基础理论，丰富的专业知识，是一篇创新的高水平的博士学位论文。建议作者在修订时增加日本帝国主义在内蒙古所施行的殖民主义的文化教育。

答辩人回答问题态度端正，思维敏捷，较为全面地回答了答辩委员提出的问题，答辩委员会表示满意。

经答辩委员会充分评议和无记名投票，一致通过学位论文答辩，建议授予历史学博士学位。论文成绩为：A

论文答辩结束后，外地来的几位教授才听说作者金海竟是一位癌症患者，一年前又做了第二次手术，论文答辩结束后又要做第三次手术。他这篇二十多万字的论文，就是用几次大手术之间的间隙，强忍着病痛的折磨写出来的。听说这些情况后，他们非常感动。杨栋梁教授说："一个身患癌症的病人，能够在如此短的时间内完成如此优秀的博士论文，真是令人佩服！我将把金海的事迹讲给我的学生听，让他们向金海学习！"

21. 最值得庆贺的两件事

是的，金海的论文就是瞅住几次大手术的间隙写出来的。

第七章 坚持

一九九九年三月做过第一次手术后，有两年时间一直很好，尽管说话困难、吃饭困难，右眼时不时地疼痛，但没有发现癌细胞再有新的发展，这为金海战胜疾病增添了信心。他的论文的前半部分，就是在这段时间写出来的。

然而，进入二〇〇一年后，问题又来了——那个可恶的家伙，在安分了两年之后，像割掉的韭菜一样又长出来了。没有办法，只好做第二次手术。还是在北京协和医院，还是在那间病房，还是那年的那位主治大夫。

两次手术后的金海，面部变形更严重了，加上右眼球已经摘掉，面部等于成了残疾了。这使金海更加痛苦。本来，经过两年多的反复练习，他的会话能力已经奇迹般地恢复了，他正准备重登讲台，给他的学生上课呢！

这件事对金海的打击几乎是毁灭性的！有那么几天，他话也不说，饭也不吃，人就那么呆呆地坐着。

林娜吓坏了，不知该怎么办！

正在这个时候，道尔吉来了。道尔吉捧着一束鲜花来看他。这位从德国留洋回来的洋博士每次来都这样。

他给金海带来的，不单单是关怀和慰问，更多的是友谊，是支撑，金海最需要的是这个。

两人在一起什么话也说，什么玩笑也开，叫人弄不清他俩到底是师生、是同事、是朋友，还是弟兄？

趁金海上厕所的工夫，林娜悄悄对道尔吉说："老先生正闹情绪呢，这回是因为他的眼睛。"

道尔吉笑了笑，没有吭声。等金海从卫生间出来后，他说：

"别在家窝着了，跟我出去兜兜风吧，车就在下边！"

"我都这样了，不在自个儿家乖乖儿地待着，满世界瞎跑什么？"

"我领你去个地方，保证让你满意！"

"去哪？"

"现在不告诉你，去了你就知道了！"

道尔吉故意卖关子，林娜也在旁边撺掇，金海只好穿上外衣，跟着道尔吉下了楼。

道尔吉拉着金海来到市内一家很有名的眼镜店，他要给自己的老朋友量身定做一副眼镜。

"既要解决近视的问题，又要解决遮挡的问题，还要达到美容的效果。花钱多少不怕，关键要合适，要称心。"

道尔吉对眼镜店老板说。眼镜店老板满承满应，一连声说没问题。

经过精挑细选，最后定做了一副带色的特型眼镜，金海带上后非常满意。宽宽的框子，加上镜片的颜色，把右眼挡了个严严实实，你就是站在他对面，也很难发现他右眼的残疾。看见金海满意的样子，道尔吉也很高兴，他为老朋友办了一件称心如意的事情。

从此，这副眼镜金海再没离身，参加论文答辩，登台给学生讲课，接受旭日干校长的"拨穗"，他戴的都是这副眼镜。

金海的研究员职称是二〇〇二年六月才评上的。此前，他一直是副研究员。研究员报了几次，没评上。按他的能力、水平、学术成果，当个研究员应该绰绰有余吧，为什么总也评不上呢？

问题还是出在参评的一系列条件上：头一次他走的是"教授"系列，让打下来了，说是课时不够；没办法，那就改报"研究"系列吧，又打下来了，说是论文的数量不够……

听到这个结果，金海无可奈何地苦笑了，他对他的导师说："噢，不说质量，就说数量。那好吧……"

就是从这儿开始，金海的论文写作可以说一发而不可收。单是二〇〇一年一年，他就一口气连发八篇，可以说篇篇都是高质量的上乘之作。

让我们看看这八篇论文的题目吧——

《伪满时期东蒙地区盟旗制度的演变》（《内蒙古大学学报》2001年第1期）

《蒙疆政权与内蒙古西部地区盟旗制度的变化》（《内蒙古师大学报》2001年第1期）

《阿拉善旗"小三爷"事件》（《内蒙古社会科学》2001年第1期）

《扎木茨仁先生及其著作》（《蒙古学信息》2001年第1期）

《关于鄂温克族人口的城市化问题》（《内蒙古统战理论研究》2001年第1期）

《关于日本利用喇嘛教侵略内蒙古的问题》（《内蒙古统战理论研究》2001年第1期）

《关于中国共产党在抗战时期培养蒙古民族干部的工作》（《内蒙古社会科学》2001年第5期）

《民国时期喇嘛教管理机构及政策》（《内蒙古统战理论研究》2001年第2期）

……

二〇〇二年四月至六月，经过层层评聘、评议、评审，大家都认为金海同志确实具备了研究员的任职资格，符合研究员的任职条件，同意他晋升为研究员。

在评议过程中，人们对金海的业绩有过这样一段评价：

> 教学方面。主讲本专业硕士生学位主课"内蒙古近现代史"、"近代蒙古史史料学"及"内蒙古历史地理"等课程，

指导5名硕士生毕业并获得学位,达到并超过了科研单位教学人员额定教学工作量。

科研项目。已参加完成国家社科基金项目一个(《内蒙古革命史》)、正在主持承担中国社科院专项基金项目一个(《日本在内蒙古殖民统治研究》),参加承担国家社科基金项目两个(《蒙古学百科全书》、《内蒙古通史》)。

已发表合著专著3部,专题论文十余篇。其中:《内蒙古革命史》获一个国家级二等奖、二个自治区级奖,《百年风云内蒙古》获自治区"五个一工程"奖;其他论著还获得三个自治区级奖。

他主要在民国时期内蒙古史(含日本侵略史、党史革命史)方面论著成果丰硕,提供了一系列创新成果,明显居学界领先地位和水平。

金海同志已完全达到了研究员的学术水平。

……

二〇〇二年对金海来说是值得庆贺的一年,在他心目中分量很重的两件事都是在这一年完成的:先是在六月份通过了研究员的评审,紧接着又在七月份获得了历史学博士学位。

作为一名癌症患者,一名在读博士生,他一面要同不断生长的癌细胞搏杀,去面对一次又一次的手术,去接受一次又一次的放疗,去承受没日没夜的病痛折磨;一面又要一门又一门地攻读博士生的所有课程,一遍又一遍地修改那篇长达二十万字的博士论文,一篇又一篇地撰写本专业的学术论文。在这个过程中,他究竟遇到了多少普通人难以想象的困难,究竟承受了多少健康人无法感知的痛苦?我们确实不得而知。

我曾经借来金海的日记，一页页地翻阅，一天天地查找，上面除了"撰写"、"修改"、"打字"、"校对"、"录入"这样一些再简单不过的字眼外，再找不出一句我想要的记录。他把所有的痛苦，所有的艰辛，都默默地忍受了，全部忍受了，没有向任何人述说，就连最能倾吐衷肠的日记，他也没有流露一句。

我又找来金海的那篇博士论文——《日本占领时期内蒙古历史研究》。这篇二十万字的论文，已经由内蒙古人民出版社于二〇〇五年正式出版了。听道尔吉校长讲，答辩结束后，金海按照答辩委员们的建议，特意增加了日本帝国主义在内蒙古施行殖民主义文化教育的内容，使这篇论文更加充实和完善。而后，他又把全书翻译成蒙文。所有这些，他都是在很短的时间内连二赶三地完成的。

有些人答辩一通过就把论文扔一边了，很少再去认真地抠，认真地改，大篇幅地增加新的内容更不可能。金海却正好相反。他是个特别严谨的学者，他要对自己负责，对学术负责，对历史负责，他不会因自己的任何疏忽而使著作留下哪怕一点点瑕疵。

这就是金海，他用这篇高质量的优秀论文，证明了自己的价值，证明了自己的实力，证明了自己的人格。

二〇〇二年七月二日上午，内大为刚刚获得博士学位的学子们举行了隆重的毕业典礼。这是金海最向往的一天，也是金海自一九九年患病以来最开心的一天。

头天下午，他就把博士帽、博士服领回去了，像个孩子似的穿上脱下，脱了又穿；一会儿让妻子看，一会儿让儿子看，比小时候过大年穿新衣服还心盛。

他还特意给赛航打了个电话。所里那台最好的相机一直是赛航拿着的，那家伙对照相特有研究，同样的场景，赛航照出来就是比别人的受看。他一再叮嘱赛航："明天机灵点，一定要多抢几个镜头，一定要把最关键的那一瞬间抓到！"

赛航不枉重托，把旭日干校长给金海"拨穗"的镜头稳稳地抓拍下来了，画面、角度，无可挑剔！那张照片，成了金海最喜欢的一张，他把它摆到了自己的书房，摆到了天天可以看到的地方。

第八章
春 蚕

- 我至少可以做只蚕吧
- 甚时候招呼我甚时候到
- 这就是金海的人品

22. 我至少可以做只蚕吧

郝维民见到金海的时候，金海刚从协和医院做完第二次手术，两口子还在那家小旅馆里住着。他俩已经成为这家旅馆的常客了。

郝维民这次进京，心里是又喜又忧。喜的是耗费了自己大半辈子心血的《内蒙古通史》作为国家的社科基金项目，总算正式批下来了。忧的是金海的病情再次复发，医院只能给他再做手术；手术后的金海第一位的任务是保养身体，绝对不能再给他安排任务了。可是，《内蒙古通史》中民国这一卷除了他还有谁能扛起来呢？赛航倒是一直和金海一起干下来的，可他毕竟是个副手，全由他往下拿，怕是有些难度……郝维民就是怀着这么一种特别矛盾的心情走进那家小旅馆的。

这是个二层小楼，牌子上写的是"外文书店招待所"。说是招待所，其实，房间里除过并排摆着的三张床、一张小桌外，再没有其他设备，客人洗漱、大小便，都得到公共盥洗室去。

"金海是个病人，理当住得舒适些，你俩咋住了这么个旅店？"郝维民一边往屋里走一边说。

"郝老师，北京这地方，稍微像点儿样的宾馆就得一天二三百，咱们哪能住得起？这儿一张床十八块，我把这屋全包了，一天还不到六十,正适合咱们住。上回做手术就是在这儿住的。要不,连住院带放疗,前前后后两个多月,咱哪能受得了呀……"林娜一边说,一边给郝老师倒了杯热水,让老师在小桌旁的那把椅子上坐下来。

郝维民详细地问了手术的情况,问了手术后身体的状况,又问了他俩平时怎么吃,有些什么困难。林娜一一作了回答。

话说得差不多了,郝维民就招呼他俩到附近的饭馆吃顿便饭。他俩也答应了。

"咱们说好了,今天可是我请客,林娜不能抢着付款,要不老师可就生气了。"一边下楼,郝维民一边说。他讲的是上回道尔吉请他俩吃饭,林娜抢先付款的事。

吃饭中间,没等郝维民说,金海就聊起了《内蒙古通史》的事,他已经知道批下来了。

郝维民本来不想谈这个事,见金海主动问起来,也不好再回避,就据实说了自己的想法:

"批是批下来了,不过《通史》这个事我就不想让你参加了,因为你现在头一号的任务是集中力量跟疾病作斗争,想方设法把身体保养好,可不能在业务上再给你增加压力了。你这个人我是知道的,一有了任务就要全力以赴地去干。过去身体好,加加班无所谓。现在得了这么重的病,又刚做完手术,可不能在工作上再那么拼命了,那样对你的治疗、恢复没有一点好处。《通史》这套书,你在前期的基础研究方面已经做了大量工作,也尽了自己的心了,老师心里是有数的。这回我准备交给赛航干,你好好集中精力养病吧……"

没等郝维民说完,金海就火了:"郝老师,你是不是觉得我已经不行了?"

郝维民见金海脸红脖子粗的,说话的声音都变了,赶紧给他解释:

"你多心了，老师不是那个意思，我是想让你安心养病，配合大夫，赶紧把病治好。等病好了，咱们再干也不迟。"

"老师！"金海刚叫了声老师，声音就有些哽咽了，他让自己的情绪稍稍平稳了一会儿，又接着说，"老师，我得的甚病你又不是不知道，治是治不好的，只能是想办法多活几年。再多哇又能多出几年去？我很清楚，自己的生命长度已经很有限了。党和政府把我金海从一个不懂多少世事的牧民的孩子培养成一个高级知识分子，一个年轻学者，您在我身上更是倾注了那么多的心血。今天在老师面前学生说句不谦虚的话——我这肚子里头确实装了不少学问。明知自己的病治不好了，明知自己活不了多久了，为什么不在离开这个世界之前，把肚里的学问回报给社会，回报给人民呢？总不能把它带到骨灰盒里去吧！那玩艺儿太小，哪能装得下这么多东西？我是个文人，又生在和平年代，知道自己当不了英雄，更成不了壮士，但我至少可以做只蚕吧，你们就让我把身体里的蚕丝一点一点地吐出来吧，能吐多久吐多久，能吐多少吐多少吧！用它来回报人民、回报社会。您就成全了我这颗心吧！"

"郝老师，您放心！我会很好地编完这一卷的，我已经有准备了，不仅有心理准备，包括资料、包括大纲，我都有成熟的意见了。您放心吧，我不会扯您的后腿的！"

见金海越讲越动情，越讲越激动，郝维民赶紧打断他："金海，老师知道你能完成，而且一定能完成得很好。我是怕这么重的任务担在你肩上，你又有这么重的病，万一把你身体搞垮了，老师得愧疚一辈子……"

"老师，没事。"金海说，"坐着也是个坐着。与其坐那儿胡思乱想，不如干些有用的事情。手里有些干的，脑子有些忙的，也就顾不上去想那些死呀活呀、病呀灾呀的事了，人还活得很充实，对人民对社会还有些用，要不就是个'坐吃等死'了，那不是我金海的为人。"

"好了金海，你别说了，老师明白你的心思，你参加吧！但是，咱们可说好了，你一定得悠着点儿，不要一下子压得很重……"郝维民老师越说越心痛，说到后来，竟又抽抽咽咽地哭起来了。

"老师，不要哭，我不是好好儿的么？"见郝老师哭得止都止不住，金海却没事人一样，反过来劝他的老师，"您放心，我会注意的！"

23. 甚时候招呼我甚时候到

二〇〇八年五月七日，郝维民和齐木德道尔吉两位总主编把参加《内蒙古通史》编纂的各卷主编、副主编全部集中到内蒙政协的裕丰宾馆，开了个长达二十天的"统稿会议"。十几号人吃在宾馆、住在宾馆，没有特殊情况，谁也不能离开，在一种半封闭的状态中，集中精力完成全书的最后编纂工作。

这是《内蒙古通史》编写过程中一次非常重要的会议。

促成这次会议的是全国社科规划办的领导和主管项目的同志。

这套书自二〇〇一年五月二十七日正式立项，经过一百多号人长达六年的奋斗，按立项计划完成了五百余万字的书稿。全国社科规划办公室组织了评审和验收，于二〇〇七年八月三十日以"良好"等级结项。全国社科规划办公室年终总结报告确认为"基础研究优秀成果"。郝维民有点疑惑，以为搞错了，打电话向全国社科办询问，人家告诉他没错，这是年终总结评价，是从"良好"等级中筛选出来的，与结项等级有所不同。郝维民高兴坏了。老头得寸进尺，又想百尺竿头再进一步，在电话里大着胆子问了一句："像我们这种大部头的'基础研究优秀成果'，能不能申请进国家《文库》?"人家告诉他:"当然可以。但是,进《文库》的东西可是从'优秀成果'中优中选优,一定得是精品之作、传世之作,不能就管个三年五年,多少年后拿出来也得站得起、立得住才行,这就需要在现有基础上精抠细改,而且必须在二〇〇八年五月底前拿出来。你们能做到么?"郝维民在电话里表示:"能,我们一定能做到!"

放下电话,他和齐木德道尔吉通气后,就赶快去给校领导汇报。

学校分管副校长杨劼一听,说:"这么大的好事,当然支持。"很快就召开专门会议研究此事。会上,郝维民按全国社科办的要求谈了争取进入《文库》的想法,提出在结项稿的基础上,调整结构,扩充内容,吸收各方面意见,进行较大的修改。然后,把各卷的主编、副主编集中起来开一次统稿会议,进一步统一各卷内容和卷与卷之间的衔接,有什么问题,现场研究、当场解决,修改工作必须在三个月内完成。杨劼副校长当即拍板:"一定要争取进入《文库》,要保证编写人员的时间,解决所需经费。"这样,《内蒙古通史》的编纂就进入了一个更高层次的编研阶段。四月底各卷完成了修改,字数增加了将近一倍,篇幅也从六卷扩充为八卷。

"统稿会议"就是这么来的。

作为《内蒙古通史》第六卷的主编,金海接到了会议通知,也住进了裕丰宾馆。

他主编的第六卷写的是民国时期的历史,从辛亥革命一直写到一九四九年中华人民共和国成立。三十八年的事,写了一百五十余万字。在参加该卷编写的十一个人中,他写的字数最多,达六十余万字。

二〇〇一年六月接下任务后,这几年,金海的病一直就不消停,几乎是年年做手术,年年进医院,到二〇〇八年三月,不说放疗、化疗,单是大的手术,前前后后就做了八次。

下面是笔者从医疗部门查到的有关金海治疗的资料：

一九九九年三月八日，在北京协和医院做第一次手术，右上颌骨扩大切除术；

二〇〇一年六月四日，在北京协和医院做第二次手术，右眶下肿瘤切除术；

二〇〇二年十一月九日，在内蒙古医院做第三次手术，右眶内肿瘤切除术；

二〇〇四年八月二十二日，在内蒙古医院做第四次手术，右眶内外肿瘤切除术；

二〇〇五年九月十六日，在内蒙古医院做第五次手术，左侧鼻腔肿瘤切除术；

二〇〇五年十月二十七日，在北京肿瘤医院做第六次手术，左侧硬腭切除术、腹壁下动静脉穿支皮瓣修复术；

二〇〇七年五月二十三日，在北京肿瘤医院做第七次术手，右侧眶内容物切除术、局部转瓣游离植皮术；

二〇〇八年三月十八日，在内蒙古附属医院做第八次手术，胆囊切除术。

……

往稿纸上摘抄这些记录的时候，我把一次次的放疗、化疗都略去了。

朋友们，九年时间做了八次手术，光是二〇〇五年一年就做了两次，两次之间的间隔时间只有四十天。最后一次手术的时间是二〇〇八年三月十八日，距离住进裕丰宾馆只有四十九天。

朋友们，别的不说了，就从这份最简单的医疗记录上，我们就可以想见，这九年时间金海是怎样走过来的。八次手术，每一次都是过"鬼门关"呀！都是上刀山、入火海，过悬崖、走峭壁呀！九年时间，年年就这么折腾，年年就这么玩命，没有坚强的毅力，没有坚定的意志，这样的折腾能受得了么？能挺得住么？

我们的金海竟然一次又一次地挺过来了，那六十多万字的书稿就是在这样的折腾中写出来的呀！

安排房间的时候，郝维民特意让金海住到了他的隔壁，他好时不时地过去关照。

这天晚饭后，他在楼下散了会儿步就上楼了。他见金海的门虚掩着，就走了进去。

金海的右眼几年前就被摘掉了，拿一块纱布罩着。郝维民进去的时候，他正伏在那个桌子上，一只眼盯着电脑，一个字一个字地改着。电脑的荧屏太小，他改得很吃力。

"悠着点儿，不要太累了。"郝维民关切地说。

"不要紧，累了我会休息的。"金海嘴里接应着，眼睛还盯着电脑在改。

"这么短的时间，这么长的篇幅，你讲讲意见就行了，具体咋统，让赛航做吧。你做完手术才几天。"

"郝老师，我行呢。还是我统哇。有些事情我知道得更细一些。"说到这儿，金海总算把手里的活停下了，转过身来对郝维民说："进《文库》要求更严了，精品之作，传世之作，可不是闹着玩儿的，稍微有一点瑕疵，不用别人说，咱自己心上也过不去！"

说到这儿，金海站了起来，走到郝维民的对面，看着郝维民的眼睛说：

"老师，我知道这部《通史》在您心上的分量。它凝聚了您几十年的心血，是您这辈子在学术上最重要的成果。您领着我们这些人总算把它做成了，再要进了国家《文库》，那就更圆满了，也算是对世人、对历史的一个交代吧！我这辈子跟上您，学了那么多东西，还参与了这么一件大事，应该说是很幸运的。无论从哪讲，我都应该做得更好一些，不能拖了您的后腿。"

"那年接任务的时候我就说过这个话，今天还是这个话。您放心吧，我一定会把这一卷改好的。"

也许是年纪的关系，郝维民发觉自己近来特别好动感情、好激动，一激动就想流泪。金海越是这样说，他越是控制不住自己的情绪。他双手握住金海的手哽咽地说："我放心，咋不放心呢？老师就是怕你累。千万不要干得太晚了，差不多就休息！"

说完这些话，郝维民就回了自己那屋。忙了一天，感觉有些累，到底上年纪了，年龄不饶人。他稍微洗了洗，就上床睡了。

睡醒一觉后，透过阳台，发现隔壁的灯还亮着，知道金海还没睡。他看看表，已是半夜一点多了。他披上衣服开门出去，见金海的门还是虚掩着，就推开门走了进去。金海还在桌子上伏着，一只眼盯着电脑还在那里一个字一个字地改。

"金海！"郝维民真有些生气了，"你让我说什么好呢？你这样会顶不住的！再要不听话，你索性回去吧，我不用你在这儿改了！"

"赛航从我这儿刚走。这章就剩几行了，改完就睡，改完就睡！"金海带点顽皮地说。在老师面前，他甚么时候也还是个学生。

……

他们这帮人在裕丰宾馆一直忙到五月二十七日，整整忙了二十天。

在这二十天当中，有的人今天这个事，明天那个事，很少能一直待下来。金海却没有因为自己的身体或是家里有什么事请过一天假，除过去餐厅吃饭、去楼下散步，就在他那屋待着，认认真真地改。中间就出去过两次，一次是自治区领导接见他，一次是为了回校给汶川地震灾区捐款，捐完款，马上又返回来了，连家也没回。

五月二十六日下午，金海抱着打印好的书稿来到郝维民这屋："郝老师，统出来了，总算交稿了！我知道，后面还有好多工作要做，特别是交到出版社以后，事儿可能更多，您就不要说这说那了，需要我的时候您就招呼一声，甚时候招呼我甚时候到！"

郝维民是六月九日带着书稿赶到北京的。一块去的还有齐木德道尔吉。国家社科办的主任、副主任接待了他们。

看完书稿后，国家社科办的同志向他们提了六七个问题，都是些很棘手、很敏感的问题。好在郝维民老师去之前就有准备，不慌不忙地回答得对方很满意。

国家社科办的那位主任说：

"书稿导向正确，编写团队强。你们不是希望进《文库》吗？我给你们吃颗定心丸，可以进了！你们放心好了！一会儿把书稿交给成果处，再请他们提提意见。这套书交由人民出版社出版，你们要和他们密切配合，反复推敲，争取把它搞成精品之作、传世之作！"

郝维民从北京一回来就赶到内蒙医院去了。他走之前，金海就住院了。这回病得不轻，听林娜说，医院已经下了病危通知了。

临去北京的头天晚上，他就给金海打了个电话，告诉金海要去北京汇报进《文库》的事。他还问金海身体怎么样。金海说，没事。但是郝维民听出金海的声音很不好，听上去有气无力的样子。所以，从北京一回来，他连家也没顾上回，就直接赶到医院来了。

郝维民进去的时候，金海喝过药刚刚睡着。

郝维民坐在病床前的那把椅子上，轻轻地抚摸金海露在被子外边的那只手。那六十万字的书稿，就是这只手在键盘上反反复复地敲打，一遍又一遍地修改，硬给改出来的。他把被子撩开，把金海的手轻轻放了进去。

金海翻了下身，正好把脸扭过来了。自他一九九九年做完手术，郝维民一直没有这么近距离地仔细地端详过他。今天才看清楚，经过八次手术的折磨，他这张脸已经彻底地改样了，说得难听一点，成了咱们城市里的马路了——修完挖，挖完修，修完又挖，来来回回地折腾，早已看不出原来的模样了。

一九八〇年给他们班上课时，这是张多么白净、多么英俊的脸呀；那年叫他去家里商量留校的事，这张脸也还是那么纯朴、那么青春。如今变成啥了，高一块，低一块，横一块，竖一块的，快成修补过多少遍的老城墙了……唉，这病把人折磨成个啥了！

身体看上去倒还结实，不像个病了八九年、做了八次手术的癌症病人。多亏了他从小就注意体育锻炼，加之性格开朗、心情豁达，要不是这样，别说八九年，一两年、甚至几个月就瘦得脱相了。唉，体格这么健壮、性格这么开朗的人怎么也会得上这种病呢？

郝维民正这么想的中间，金海一睁眼醒了。他见郝老师在跟前坐着，就张罗的要起，郝维民硬把他按住，让他继续躺着。

"从北京什么时候回来的？"

"今天早上。一下火车我就过来了。"

"进《文库》的事情怎么样了？"

"进了，已经进了。"

"那就好，那就好，这件事总算解决了！"

两个人的手又紧紧地握在了一起，他们相互对视着，谁也没有说话。

"怎么样，身上难受得厉害么？"郝维民看着金海的眼睛，心疼地问。

"难受。病了还有个不难受的？况且又是这种病。不过，咱们总算把这件事情完成了，我的这桩心愿可以了了。"

24. 这就是金海的人品

金海又让把主编的名字换成赛航——这个话他已经讲过三遍了。

第一遍是跟郝维民老师讲的。是在他家。

那天郝维民去家里看金海。头天晚上，金海给郝维民打了个电话，在电话里说着说着就哭了，哭得很伤心。郝维民放下电话，心里不放心，第二天上午就来到金海家，想和金海好好谈一谈。

金海这场哭，还是由《通史》书稿引起的。

《内蒙古通史》的书稿送到出版社后，因为要进国家《文库》，又要报国家图书奖，出版社抠得特别细。尤其是责编和校对，反反复复，改了无数遍了，还是定不下来，金海就觉得有些烦，当着郝维民的面发了好几次牢骚。郝维民特意吩咐赛航，以后再有问题，你直接处理就行了，不要去找金海，怕金海生气。可这回出版社反馈回来的意见中，涉及史料上的好些事，赛航拿不准，只能去找金海。在内蒙古近现代史这一块，金海就是一座绕不过的高山，除过他，谁能讲得那么清楚，不找他，又去找谁呢？结果金海一下就火了。金海火自有金海的道理：他说这几处怎么改我早就给出版社讲过了，讲得清清楚楚，照我说的改就是了，为什么还要往回返？这种无谓的反复何时才能了？老这样没完没了地拖下去，这套书何年何月才能出版？他在电话里说，我不止一次地给他们改过了，还这么没完没了，这是往死折腾我呀！说到这儿就哭了。

郝维民给金海解释：出版社要求高一些对咱们不是坏事。咱们写东西的人往往看不出自己的问题，责编和校对的眼睛很"毒"，很专业，再加上咱们这是地区民族史，在咱们来讲是常识性的问题，在人家来讲根本不熟，不熟就要问，这很正常，你不要急。这样一讲，金海也就不像先前那么生气了。

接下来，金海就讲了第六卷主编的署名问题。他说：

"主编换成赛航吧！一个呢他做了大量的工作，特别是后期的工作，我身体不好，主要是他做的。在一个呢主编对我来讲已经没有太大的意义了。只要书能出版、能进国家《文库》，我就很满足了。赛航跟我不一样，他现在才是个副研究员，主编换成他，对他今后的发展有好处。"

"这可不行。"郝维民很明确地表态："第六卷是怎么出来的，别人不清楚，我最清楚吧。从谋篇布局、搭建框架，到约稿、组稿、统稿、写稿，一直到修改、校对、注释，哪一个环节离开你了？不夸张地说，每一章、每一节、每一行，都浸透着你的汗水，凝结着你的心血，主编怎么可以不是你呢？这又不是调工资、评先进，可以发扬风格，可以相互推让。这是历史，将来有个向后人交代的问题。不能换，这个问题不讨论。"

"郝老师，你不要生气。"见郝老师口气很硬，金海怕老师生气，就这样劝了一句。停了一会儿，他又说，"你和道老师是全书的主编，我是第六卷的主编，你们有你们的考虑，我也有我的考虑。假如是你提出来要换，可能不合适，现在是我自己提出来要换，这有什么不可以？我没别的意思，我就是想帮帮赛航。我俩合作了这么多年，他给了我那么多帮助；我现在用这种方式帮他一下，也算是我对他的一种回报。郝老师，你就成全了我吧！换了吧！"

见金海说得这么恳切，郝维民的态度也不像刚才那么斩钉截铁了。他说：

"那也不能换，主编还是你，可以把赛航与你并列为主编。这个做法别人也用过。"

金海沉吟了一会儿，又说：

"也行。不过我俩掉个个儿吧，把他列前头，我在他的后面。"

"不行，不行。列成主编就行了，哪能排到你前面去，主次也颠倒了，那可不行！"

说着话，郝维民就起身告辞了。

从金海家出来，郝维民直接去了齐木德道尔吉的办公室，讲了金海要求换主编的事。

一开始，道尔吉也不同意："什么就是什么，这还能发扬风格？他发扬是他的事，我们不能赞成。"

后来，郝维民给他讲了金海那番掏心窝子的话，讲得道尔吉也不言声了。

"他这话也不是随口说的，心里不定谋划了多久了。他的为人你也清楚，干工作的时候，他自己总是冲到前头；评先进、定职称呀，他又退到后面去了。这么多年不都是个这？"郝维民说，"讲到后来我给他让了一步——两人都是主编，赛航排在他后面。"

"这倒也是个办法，他的意见呢？"道尔吉问。

"他倒也同意。后来又提出把赛航排到他前面，我没同意。"

"就是，那可绝对不行。就按你的意见办吧，两人都是主编，他在前面。"

两位总主编把这事就这样敲定了。

谁知赛航却不同意，说下大天来也不同意。

赛航是个痛快人，直性子，说话又快。那天，郝维民老师跟他一说这事，反倒引出了他的一大堆话，"话匣子"一开，停都停不住。

他说——

我这人，你们都知道，干工作不图名、不图利，就图个痛快。我跟金海一块干了这么多年，合作得非常愉快，这就够了，这比什么都强！

让我当主编，这个话他跟我也说过，是在裕丰宾馆统稿时说的。以前也说过，我没接他的茬儿。在裕丰宾馆，他说得很认真。他原话是这样说的——"后期工作主要是你干的，让我当主编名不符实。"后期工作我是干了不少，为什么？因为他的身体已经很糟糕了，已经不能再承担那么重的工作了。内在的疾病，咱们看不见，就不说了；光是外在的，一只眼已经摘掉了，就剩一只了，荧屏又那么小，他整个身子都快贴到荧屏上去了，那种情况谁看了也不会再让他干的。我是在这种情况下才抢着多干了一些具体事儿。就是这么些具体事，他心里就过意不去了，就觉得主编当得名不符实了，就非要让我当主编。这件事就是这么来的。

我当时就反对，坚决反对。我说，事情不能这么干。这本书从头至尾都是以你为主干下来的，我做了一些工作，是从副手这个角度做的，即便是后期这一段，我做的也都是些具体的、琐碎的事情，掌舵的还是你，怎么能说名不符实呢？这个话就不要再说了，跟谁也不要说了。没想到他还是说了，还真当个事的说了。

这样的事他以前就办过一回。那年编《民国内蒙古史》，本来也是以他为主干下来的。出版的时候，他非要把我的名字放到前面去，咋说也不行。那件事我依了他，这回说什么我也不能干。我知道《内蒙古通史》在他心目中的分量。迄今为止，他出版的著述不下三百万字，所有的著述加起来，也没有这一本分量重。这是精品之作，传世之作，主编绝对不能是我！

说到这儿，我再讲一件事，更可以看出金海的人品来。

"近代蒙古史史料学"这门课是金海开的，而且一直是他在讲。那年他病了以后，领导上让我接过来。我说让我讲倒也可以，但是我手里可没有他那么多的史料积累。讲史料学手里没史料，这课怎么讲？这时候金海说话了：你就用我的讲稿吧！说着话就把他的讲稿还有相关的资料都交给我了。这是除他之外任何人都做不到的！绝对做不到的，包括我在内。咱们通常的做法是：你接我的课可以，你想怎么讲是你的事，讲稿不能给你。那是我自己的。大家都是这么做的吧？唯有金海是个例外。什么叫人品？这就叫人品。什么叫人格？这就叫人格。什么叫风范？这就叫风范。

这些年，我俩一块合作，一起共事，我从他身上确实发现了不少好东西，也学了不少好东西。有些东西一学就会，有些东西学一阵子才会，有些东西可能一辈子也学不会。学不会不是咱笨，是咱没人家那个境界，没人家那个觉悟。

别的不说，就他干工作的那份敬业精神和献身精神，我就学不来，真的学不来！

郝老师，你既是我的老师，也是我的领导，今天当你的面，不怕你笑话，我也揭揭自己的短。

金海你是知道的，特别勤奋，特别敬业。在这一点上我跟他不一样。我是好玩，工作咱也干着，该玩还得玩，对得起那点工资就行了。我也爱咱这一行，也爱看书，但我没他那么投入。老实说，有时候还想偷点儿懒。

这说的是二〇〇三年的事，他已经病了，并且做过二次手术了。咱们所里要搞一个项目，搞几个少数民族的田野调查。田野调查很辛苦，这我知道，我干过，所以我就找了个理由推了。他有病，居然没推，带着一个组去了正蓝旗。

正是七八月，草原上最热的时候。他领着学生直接进到人家村里去，住到老乡家，一住就是两个月，入户调查，那种日子过得！

郝老师，您知道，田野调查严格讲已经超出了咱们历史学的范畴，要运用人家社会学、民族学的好些理论和方法。历史学的好多东西用不上了，这就得一边干一边学。

金海他们干得非常规范，选了一个很典型的嘎查，带着学生一头扎进去，一户一户地搞问卷调查，吃在老乡家，住在老乡家，可以想见，吃了多少苦！

有的人在那儿待两天，找个理由就回来了，过些天再去。他是整整两个月，一天也没离开，就在那儿老老实实地待着，老乡住什么房，他住什么房；老乡吃什么饭，他吃什么饭。就那么投入，就那么敬业！

一个有着正高职称的专家、学者，一个具有博士学位的高级知识分子，一个做了多次手术的癌症病人，为了少数民族的繁荣和发展，在大草原的帐篷里一住就是两个月。这样的事情看似简单，真正做到的有几个？我们的好多乡镇干部、旗县干部也做不到，金海做到了。

我有时候也想：金海是不是有点傻、有点愣——可我知道，他既不傻，更不愣，脑袋聪明得很；金海是不是"死心眼"、"一根筋"——可我知道，搞起学术研究来，他脑袋灵活得很。那么，是什么东西在支撑他、在驱使他？我琢磨了好久，后来琢磨明白了——是一种精神在支撑他、驱使他。这是种什么精神？就是"春蚕精神"。

这话可不是我说的，是金海自己说的。他说，他希望自己像春蚕一样，吃进去的是桑叶，吐出来的是蚕丝，人人都离不开的蚕丝。他要把身体里的蚕丝都吐出来，能吐多久吐多久，能吐多少吐多少，一直吐得身体枯竭了，生命也就结束了。这些年，特别是他病了以后，一直就是这样做的。

这就是金海。他的这种境界,这股精神,一般人很难做到。我也要求自己向他学习,至少现在还没有学好。所以说,让我当主编,他当副主编,我实难从命!因为无论从哪儿讲,都不合适。

郝维民见他绕了这么大一圈,又回到这个话题上来了,就笑着对他说:"那是金海的意思。我和道尔吉商量过几次,打算让你俩都当主编,他排在你的前面。你看怎么样?"

"我还是觉得原来那样最合适。能不变最好别变,在这个事情上不能听他的!"

第九章
蜡 炬

- 航标灯
- 蜡泪不多了,得抓紧
- 燃烧自己,照亮别人

25. 航标灯

春子姑娘是二〇〇七年成为金海的硕士研究生的。

听名字像个日本姑娘，其实，她也是蒙古族，家是四子王旗的。春子姓刘，应该叫刘春子，可是人们都叫她春子，包括她的同学，包括她的导师。

春子考上研究生的第二天就去了金海老师的家，她想看看患了重病的老师，也想跟老师说说自己的情况，谈谈自己的想法。

金海很高兴春子的造访，两人聊了整整一个下午。

"老师，我思想上有点顾虑，大学本科我学的是理工科，现在改学历史，没等开始学就跟别的同学拉开了差距，我担心自己学不好。"春子说，一副忧心忡忡的样子。

"这个差距你倒不必太在意，关键看你对历史这门学问感不感兴趣，从心里喜欢不喜欢。心里不喜欢，基础再好也白搭。"金海说，"我的感受是，人都愿意干自己喜欢的事。心里喜欢，就舍得下工夫，愿意投精力，甚至不惜代价。所以，关键看你喜欢不喜欢。"

"我当然喜欢，要是不喜欢，我就不会报考您的研究生了。"春子说。

"你既然喜欢，那我就跟你多说几句。"金海对春子说，"说起来，

第九章 蜡炬

我也是半路改行的，我最早学的是蒙古语言文学。转行的时候，我的老师——就是咱们所的郝维民教授，给我讲过这样一段话，他说——搞史学跟搞文学不一样，得成天往故纸堆里钻，再说得难听点，就是跟'死人'打交道，很枯燥，很乏味。你得守得住清贫，耐得住寂寞，得准备着把研究室的椅子坐穿！——今天我也把这段话送给你，你要对即将开始的学习乃至将来的工作有足够的思想准备。春子啊，不知你在报考前想没想过这个问题？"

"老师，我想过。我没有把成为您的研究生当作敲门砖，仅仅混个学位。我要把从事史学研究当作自己的终身职业。"春子很严肃地说。

听完春子的表态，金海显得很兴奋。他对自己的新弟子说："既然这样，那我就再多说几句。我给你讲个小故事吧，我自己的故事。"

这是二十四年前的事了。那时候我刚参加工作，也像你这么年轻。领导上给了我们一项任务，编写《大青山抗日斗争史》，我和几个同志去南方采访健在的老同志。从重庆采访完以后，坐上轮船沿着长江往武汉方向走。那是我第一次见长江，第一次坐轮船，两岸的景色又好，所以一有时间就在甲板上观赏，不舍得回房间里去。入夜以后，我特别爱看灯塔，就是航标灯。在漆黑的夜晚，除过天上的星星，只有它是亮着的，有的在岸边，有的在岛上，孤零零地存在着，默默地为过往的船只指示着航向。

我由航标灯就想到了咱们这些史学工作者，我觉得我们和灯塔有许多共同点。最大的共同点就是枯燥、乏味、寂寞。相比之下，它比我们更枯燥、更乏味、更寂寞。我们还有许多同行和伙伴，可以在一起互相交流、共同研究，灯塔呢，就自己一个，孤零零地守在小岛上，守在悬崖边，日复一日，年复一年。过往的船只是洒脱的，所谓"朝辞白帝彩云间，千里江陵一日还"；游船上的人们是快乐的，"歌舞升平"，"热闹非凡"，而它呢，除过轮船的驾驶员，还有谁会注意到它的存在，还有谁会想到它为航运交通做出的奉献？它呢，全不管这些，始终如一地在那里尽职尽责，在那里默默奉献。当时，我就跟同行的几位同伴讲，我说，咱们这些史学工作者得向航标灯学习，学习这种默默奉献的精神，这种耐得住寂寞的精神。

春子，对咱们史学工作者来说，除了要耐得住寂寞，还得耐得住清贫。这两个"耐得住"，都不容易做到呀！特别是在当今这种市场经济的形势下，同样是在做学问，那些与市场贴得紧的、关系近的学科，就热闹得很，实惠得很，干那些行当的人们，就活得油光水亮，过得有滋有味，不像我们这么一穷二白，这么灰头土脸。这是个很现实的问题。所以说，入咱们这一行，必须有这种心理准备……

春子明白了金海老师给他讲这番话的良苦用心。她对老师说：

"老师，您的意思我听明白了。我会按您说的去做的。"

那天，春子要告辞的时候，金海从书房里拎出两大兜子书。他对春子说：

"这是我给你准备的，有历史学的，有民族学的，你要很认真地读。"

春子早就听人们说，金海老师特别爱惜书，他的书是轻易不外借的，谁要借他的书，必须打借条，必须在小本子上作登记。她拿出笔来正要写借条，金海说：

"不必了，这几本是我送给你的，你可以在上边随意做标记。"

回到宿舍后，同屋的女生见她拎回这么多书，又听说是导师送的，羡慕得不得了。也有的不以为然，有一个甚至警告她：

"春子，金海教授在内大是出了名的严师，好几个女学生被他训得哭鼻子，你也准备抹眼泪儿吧！"

春子不相信，她对那位同学说：

"不至于吧，我看金教授挺随和的，在我面前，又像是导师，又像个父亲，不像人们说得那么凶……"

"反正好多同学都那么说，你有所准备就是了。当然那也看对谁，像你这么勤奋好学的,他表扬还来不及呢,怎么会批评?"

那位同学说。

金海对学生严,在内大确实是出了名的,连他的搭档赛航都知道。赛航说,他就见过好几次。

现在学术风气很差,大家都得过且过。也难怪,学生为了毕业以后的就业问题,早早就得动手,心思根本不在论文上,能将就就将就了,尤其是史料的引用更是错讹百出。金海气得,有时候大发雷霆!

有一回,他的一个研究生要毕业了,金海给我打电话,说那个学生的论文你先给看看,把把关。学生把论文送来了,是用汉文写的,确实很差。写得疙疙瘩瘩的,不要说别的,连文理都不通,读也读不下去。第二天金海打电话过来,问看了没,我说看了。他问怎么样,我说很差,不是一般的差。我听他在电话里长长地叹了口气,半天没说话。我说,我写了几条修改意见,让她拿回去改吧,就这个样子,怕是没法儿过。金海又叹了口气,说:"我也给她提过不少很具体的修改意见,告诉她怎么改,她答应得好好的,可下次拿回来还是老样子,根本就没怎么改,已经反复了几次了,你说怎么办?就差我给她改了。我手头实在是忙不开,要不也不会让你给她看。该怎么办呢?眼看就要答辩了,我已经是这个样子了,总不能让她毕不了业吧!"

金海说到这儿,我总算听明白了,他这是想让我给这个学生改。我知道,好几个学生的毕业论文都是他给改出来的,就他那一只眼睛,爬在电脑跟前,一个字一个字地给改,连错别字、标点符号都改。因为这,我骂过他。我说你活该!哪有这样带研究生的?都要像你这么劳心费力,别说这么重的病人,健康人也累趴下了。再骂,他也就那样,改不了!

有人说他凶,脾气上来不给人面子。连林娜都说他:都是二十多岁的大学生了,又是些姑娘,你得照顾人家脸面,批评人哪能那么没轻没重的！其实他是"刀子嘴豆腐心"，批评归批评，过后，该咋帮还咋帮，心可善呢！

还说刚才那个女学生。我一听金海是那个意思，就说，那就我帮她改吧！那是个蒙族学生，汉语水平很差，改起来很费力。我从文字上尽量帮她改得顺溜了好多，还有些引错了的史实，也帮她一一改过来了。这事儿就算交待了。质量虽然不高，总算能拿出手了，没有明显的硬伤了！

临到答辩的时候，金海又给我来了个电话，说那个学生论文答辩的评议书你给写吧！我一听就知道我改过的那篇论文他已经看过了，怕别人写评议书挑的毛病多了通不过。我按金海的意思只挑了几处小毛病，总体上给予了肯定，这样，论文答辩就算通过了，很勉强地通过了。

这样的事在现实生活当中应该说很普遍，但在金海这儿，在他带的二十多个研究生当中，这很可能是唯一的一个，因此他心里一直觉得很不安。

就是因为他内心的这种不安，最后还是闹了一场不愉快。是在论文通过后的宴会上。

答辩通过后，一般都要搞一个小的宴会，学生向自己的导师、向各位答辩委员表示感谢，大家向学生表示祝贺。

宴会开始后，那个女学生端着红酒过来首先给她的导师敬酒，感谢导师的教诲之恩。金海自病了以后，白酒一口也不敢喝了，个别场合少喝点儿红酒。所以那个学生端的是红酒。

结果金海坐那儿一动不动，眼睛看都不看，对递过来的酒杯死活不接，硬是不给脸。

所有的人都愣在那儿了，那个女学生更是没法儿下台，最后，把酒杯一搁，捂着脸、哭着跑出去了，几个女同学赶紧出去追……

这时候金海站起来了，脸色很不好看。他说："这篇论文是怎么通过的，各位心里都有数。我作为她的导师，真的不知该怎样面对你们。你们成全了这个孩子，很给我面子，我谢谢你们！可我心里有愧呀！我金海带的研究生不应该是这个样子呀……"

这个时候，两个女同学陪着那个女学生回来了。我赶紧站起来打圆场：

"好了，好了，论文也过了，事情也成了，啥也不要说了。喝酒就说喝酒……"

金海走过去，端起刚才的那杯红酒，对着那个女学生，对着在座的所有的人说："好，什么也不说了，我把它干了……"他一仰脖，一饮而尽。自从一九九九年病了，我再没看见过他这种久违了的特别潇洒的干杯动作。

动作尽管潇洒，他的表情却是痛苦的，在他来说，喝下去的绝不是一杯甜甜的红酒，而是违心地做了一件错事后喝下的一杯苦酒……

26. 蜡泪不多了，得抓紧

文德和他的爱人乌兰都是金海的研究生。乌兰是二〇〇六年考上的，文德比乌兰晚一年。

早就听说金海老师是个得了重病的人，是让内蒙医院下过几次病危通知的人，所以，直到考完了、都快录取了，文德心里还在嘀咕：这么个重病人，能把我们教到毕业吗？然而，在他亲眼见过金海老师后，他心里的这层担心彻底消除了。

那天，他和乌兰从外面回来，刚进内大东门，对面走来一位五十出头的中年人，穿得西装革履的，身材虽然有些胖，但走路很精神。

见乌兰很礼貌地跟那人打招呼，文德就随口问了一句：

"刚才那是谁呀？"

"我的老师呀！"

"哪个老师？"

"金海老师，我的研究生导师呀！"

"金海老师不是病得很重吗？刚才那人我看很精神的嘛，哪像个病人呢？"

"我们老师就是那样，可坚强呢，光看外表，你根本看不出他是个病人。"

……

几天后，文德和乌兰专门去了趟金老师家。那是文德第一次登金海老师的门。

他们进去的时候，金海正在书房里看书。听见他俩来了，高兴地和他俩聊了起来。一边聊，一边就张罗着做饭：

"你们来得正好，我的家乡刚给送来些羊肉，新鲜得很，咱们把它炖了，吃手扒肉。做手扒肉是我的拿手好戏，你们师母还得向我学呢！"

炖手扒肉需要好几个小时。炖的中间，他俩就进了老师的书房，参观老师的藏书。

书房很小，也就十几平方米的样子。除过窗户和门，四壁全让书架占满了，从地面一直通到屋顶，放得满满的。乌兰悄悄对文德说："许看不许动！老师的书放得可有讲究呢，哪本书在第几架，第几层，和哪本挨着，都是固定的，你稍微动一本，他就发现了！"

靠窗户的地方放着写字台，不大，桌面上电脑就占了将近一半。写字台已经很旧了，常用的那个部位已经磨得露出了木头的本色。椅子是一把在会议室里常见的那种破椅子。桌上放着个纸巾盒，一个笔筒，还有一个小塑料盒，里面是些镊子、剪子之类的小型器械，是老师自己换药用的。

这就是这位高级学者的书房，他那几百万字的著述，就是在这间陋室里完成的。

乌兰已经跟老师很惯了。她指着书架里的一帧照片对文德说：

"你看咱们老师年轻时多帅!"

这时候金海正好进来了。乌兰对金海说:"老师,能给我们看看您和师母年轻时候的照片吗?"

"当然可以!"金海从卧室抱来四五本影集,一本一本地翻给他的学生看,一边翻还一边讲许多年轻时候的趣事。说上大学报到那天就跟你们师母认识了,从那天起,就有根儿红线把我俩牵到一起了,一直牵到现在……

见老师这么幽默、风趣,充满活力,文德想:这哪像个被癌症折磨了这么多年的病人呢?他忽然记起,有位著名的作家曾经说过:"死亡并不可怕,可怕的是你明明知道自己很快要死却无能为力。"他的老师就属于这种情况;但他不回避,不颓废,更不绝望,他敢于面对这个现实,从心理上战胜了对死亡的恐惧,从肉体上抵制住了病痛的折磨,使自己活得很轻松,活得很超脱,活得很有质量。单是这一点,老师就是一个值得文德敬重的人!

直到吃饭的时候,文德才看出老师确实是个病人,是个很重很重的病人——老师脸上,该挖的地方都挖了,眼球摘掉了,鼻腔堵住了,脸的一半什么也没有了。人身上哪有多余的东西啊?缺个小指头也不行啊!可是,老师脸的一半没有了,口腔的一半也没有了,多少年来他都不能正常地进食啊!嘴的一半都没有了,他怎么去嚼、怎么去品啊?所有的东西都是弄成液体慢慢地吸进去的,他已经失去了味觉、失去了嗅觉。一日三餐,在他身上竟变得如此困难,又是如此简单……

那天晚上从金海家出来,文德才真真切切地感受到:他的老师是个病人——是个病得很重很重的病人;但他的老师又是个强人——是个用特殊材料制成的强人!

在给金海老师陪床之前,文德根本不晓得癌症是个什么东西,更不晓得时间对人到底有多珍贵。

是啊，他才是个二十出头的孩子，有生以来，疾病跟他就没有发生过什么关系，家里也没有得过重病的人，他怎么会有这种感受呢？

当他陪着老师住进内蒙医院的肿瘤病房后，当他亲眼目睹了金海老师没日没夜地被病痛折磨的痛苦情景后，特别是那天金海老师揭开眼眶上罩着的纱布、露出里面的黑洞、透过黑洞清晰地看见里面的东西时，他才真切地感受到了癌症的可怕，感受到了病魔对于人的残酷。

文德在医院里陪的时间长了，慢慢地就有些麻木了，麻木得竟然产生了一种错觉。这种错觉告诉他：他的老师这么坚强，一次次病危都闯过来了，是绝对不会死的，还会活好多年的。正因为有这种错觉在，所以当他发现他的老师把每天的日程排得那么满，今天要干什么，这一周要干什么，这一个月要干什么，这一年要干什么，都排得满满当当，计划得井然有序，生怕把时间浪费掉时，他就觉得有些不可思议了。他问他的老师：

"您是个病人，理当过得悠闲一些，自在一些，哪能这么紧赶呢，简直比健康人都忙、比上班的人都累。时间有的是，工作上的事能干多少算多少吧，何必跟自己为难呢？"

金海看着文德的眼睛说："老师没法儿跟你比啊，你现在是时间的富翁，要多少有多少，可以由着性子挥霍；老师不能啊，老师现在可是时间的乞丐啊，眼瞅着一天比一天少了，哪敢浪费？"

"文德！"金海叫着学生的名字说，"老师也从小时候过过，当时也不懂得时间的珍贵。那时候我们那地方老停电，停电以后，我就得点上蜡烛写作业。蜡烛也是凭本供应的，别说没钱，有钱也买不来的。有时候，我一边写作业，一边和弟弟妹妹玩。我的父亲就批评我了，他指着那截一寸多长的蜡烛头对我说：'蜡泪不多了，你快抓紧写吧，一会儿灭了，啥也看不见了。'我觉得我现在就跟那个蜡烛头差不多，燃烧不了多长时间了。所以，必须抓紧时间，在熄灭之前把该干的事情干完，尽量少留点遗憾！我现在留下的遗憾，是无法弥补的，真正是终身的遗憾……"

文德深深地点了点头：

"老师，我明白了！"

27. 燃烧自己，照亮别人

那天，文德听金海老师讲完蜡烛头的故事，心里就想，金海老师自己不就是一支蜡烛么，就他现在的身体状况而言，已经是风烛残年了，但他却承载着超负荷的劳动，单是在他的这些研究生身上，就操了多少心，受了多少累呀！

文德回去跟乌兰讲，乌兰也赞同，说："咱们老师确实像支蜡烛，用他生命的余光，无声无息地为晚归的人们照着夜路。咱两个可不就是借着他的亮光一步一步走过来的？"说到这儿，眼里不由得又滚下两行泪来。

乌兰是个爱哭的姑娘，又是个特别要强的姑娘。因为一直是蒙语授课，她的汉语水平相对较差，拿汉语写作就很吃力。写毕业论文时，好不容易拿出了初稿，结果让金海老师给改了个"血流成河"。金海老师改的是第一章，后面几章没给她改，只是提了几条意见，让她按这些意见自己改。

老师改过的地方，念起来那么上口，话讲得那么到位，自己什么时候才能达到这样的水平？看见老师把不通的句子、用错的词、写错的字，包括标点符号都给改了，乌兰觉得很过意不去。老师已经病成那样了，还让老师为自己的论文操心受累，太不应该了！她决心按老师的意见认认真真地改，一定要让老师满意！

改完一遍，不满意；改了两遍，还不满意；改过三遍了，仍然觉得不托底。离答辩就剩两个星期了,她还是没把成稿交上去。

老师急了!打电话催她。头一遍催,她说快了;第二遍催,她还是说快了。等催到第三遍的时候,老师毛了:"你的成稿还能不能出来?改到什么程度就算什么程度吧,赶紧拿来,现在就来!"

乌兰一进门就哭,她不是怕老师批评,她是觉得对不住老师。

"行了,不要哭了,拿过来我给你改吧!"

这就是金海,在他的学生面前,有时候是一位严师,有时候又像一位慈父。

甚么时候说起这件事,文德总要把乌兰好一顿奚落:"光是改你那篇论文,就占了老师多少时间,还哭呢,就知道哭!"

他奚落乌兰呢,乌兰反过来也揭他的短:"你还好意思说我呢,你又能好到哪儿去?我论文没写好,让老师受累了,这不假,但我没惹老师生气呀!"

她这一说,文德老实了——他把金海老师确实气得不轻。

也是因为写论文的事儿!

不过这件事还是让文德自己说吧,他说得更准确些——

我是个很自信的人,自信得有时候可能有些固执。我研究生毕业是二〇一〇年七月。二〇〇九年的时候,金海老师就开始跟我讨论毕业论文如何开题的事了。我大学本科学的是新闻,读研究生的时候改成了历史,老师希望我的硕士论文跟新闻专业挂钩。他的观点是:你学了四年新闻,已经有一定的积累了,不应该放弃;蒙古近代史与新闻专业相结合,这个领域目前空白的东西还比较多,你应该在这个领域做些研究。我说我不同意。我读研究生之所以选择了历史就是因为不太喜欢新闻,现在再让我研究那个,我反对。后来老师给我讲了很多道理,我还是听了老师的话,因为人家讲得是对的,在这个领域人家懂得的东西确实多。

老师帮我拿了一套方案，我也表示赞同，说就按这个方案写吧。但在写的当中我又变了，把老师的方案基本上推翻了，把新闻的东西大量地拿掉，换成了历史方面的内容。我这样写没敢征求老师的意见，怕他知道了又让我往回改。

眼看就到答辩的时间了，金老师一再地催促：文德你到底写得怎么样了？时间上你可不敢再耽搁了。从现在起把所有的事情都放下，集中精力写论文吧。写好了赶快给我拿来。其实我已经写好了，写好了也不敢给呀！直到最后关头不给不行了，我才硬着头皮给老师送去。

他接过去大致翻了翻，说：噢，你是这样写的。好吧，放下吧，我先看，明天你再来。他用了一天时间就把那篇十万字的论文看完了，在上面作了大量的批注。

我是第二天下午被他叫去的。一进去就觉得屋里的火药味很浓。他就在那把破椅子上坐着，手里拿着改得通红的论文。能感觉出来他在竭力地控制着自己的情绪。

他说：你这孩子怎么这么不听人的话呢？我当时跟你说得好好儿的，你怎么又这样？你写的这是什么玩艺儿？告诉你不要把历史的东西写这么多，写历史比你厉害的比你写得透的人多得是，就你能写？告诉你新闻的部分是重点，你非要把重点放到历史上来，你这个人是怎么搞的嘛！

说到这儿，他气得话也说不下去了。我赶快给他赔不是，我说老师我错了，我太固执了，我不该不听您的话，请您不要生气了。

过了一会儿，火气稍微平息一些了，他又说：得了，就这么着吧，重写的时间已经没有了，只能按你的思路来了。我都给你改了，你拿回去赶快往出打吧！

人挨了批评心情是绝对不可能好的，尽管这种批评是预料当中的，但我心里还是很不服气。从老师家出来，把老师改过的书稿往自行车筐里一扔，骑上就走！

他生气,我还气呢!至于这样大发雷霆嘛?还导师呢!

骑到满都海公园的时候,短信响了,一开始我也没看。快进校门的时候,又响了,我从车上下来,掏出手机一看,是金海老师发来的。老师的短信是这样写的:

文德:

刚才由于情绪激动,对你批评得可能重了,希望你谅解。但是,作为老师我必须对你负责,我希望你能拿出一篇优秀的论文来……

接下来,老师又讲了这篇论文怎么改,包括标题怎么改,每一个章节怎么改,最后还要加一个相应的总结,等等。短信写了足有三百字。都是我从他家出来后在这短短十来分钟时间里写在手机上的,说明我一出门老师就开始写了,就开始向我道歉了,而我还在生他的气,甚至连短信都不想看。

回到宿舍以后我才知道,老师短信里的修改意见,在我的论文上已经拿红笔批注过了,他拿短信又重写了一遍,他的眼睛本来就不好用,又刚刚生了那么大的气……

唉,老师还是爱护我的,是从心里爱护,是怕我的论文写不好。千不好,万不好,还是我不好,我不该那么固执,那么不听话,不该惹老师生那么大的气!

那一刻我真想返回去,当面向老师认错,当面请求老师宽恕,可我又没有勇气这样做,我不敢面对老师那只眼睛。后来,我给老师回了条短信,是这样写的:

老师:

我错了!请您宽恕。不要生气了。我会按您的意见认真地改的。改好后,再拿着书稿去向您当面赔罪。

您的不听话的弟子:文德

金海就是这样一个人!自己已经病成那样了,还在处处替他的学生着想。

在他生命的最后几年,年年都得入院治疗。他每次住院几乎都是七月份。因为到了这个时候他实在挺不住了。挺不住是个什么概念?就是快要进入昏迷的状态了。他为什么硬要挺到这时候才去住院呢?因为他带的研究生都是在每年的六月中下旬进行答辩,在这之前,他要指导学生一遍遍地修改论文,准备答辩,他要把所有这些工作都忙完了,把学生一个个送走了,才去看自己的病。

他每次住院都是悄悄去的,除过妻儿,不惊动任何人。他住院以后,身跟前需要有人照护。学生们听说后,就轮流着来陪床,他死活不让。即便来了,但凡他自己能办的,也绝不麻烦学生。

那年做完胆结石手术,一天动不了。苏醒过来后,见文德在旁边陪着,头一句话就是:"你吃了饭没?"文德说:"老师,我吃过了,您别管了!"

文德见他身子老是动,估计是想翻身,就扶着他翻过来。晚上睡觉前,文德跟老师说:"我睡觉沉,您什么时候有事就叫我一声。"老师一晚上也没叫他。第二天早晨他睁开眼一看,老师已经坐在床上了。他吓了一跳:"老师,您是怎么坐起来的?为什么不叫我?"金海说:"我见你睡得正香,就没舍得叫你,自己慢慢地就坐起来了,再躺的时候说什么也躺不回去了。"文德一边扶老师往下躺,一边在心里责备自己:"一晚上睡得跟个死人似的,我这哪叫陪床啊!"

金海先先后后带了二十七位研究生。他不光关心这些孩子们的学习,关心这些孩子们的进步,还关心他们毕业后的走向,关心他们的婚姻恋爱。

春子姑娘硕士毕业后，又接着考金海老师的博士生，结果有一门考砸了，没考上。春子姑娘在电话里哭了个稀里哗啦。当时金海老师正在北京住院，就在电话那头安慰她："没考上不要紧，先工作，一边工作一边复习。后年我还招，到时候再考。"放下电话后，他还不放心，又给春子发了条短信："别哭啦！"短短三个字，让春子心里暖暖的。

春子很快就工作了，在内蒙古社科院，也是研究历史。她在第一时间告诉了她的老师。金海高兴地说："这回如愿以偿了，好好干吧！工作当中遇到什么问题，随时回来跟老师交流。"

上了班的春子不放心老师的身体，隔不几天就要过来看看。金海一见春子总要问："处上男朋友了没？有了男朋友，一定让老师看看。"没过多久，春子果然领着男朋友来了。那天因为人多，春子没有机会单独问老师。她和男朋友刚从老师家出来，短信就来了："春子，小伙子挺好的，你们好好处吧，老师等着吃你们的喜糖！"

在校时，文德是男学生中挨剋最重的一个；毕业后，在工作走向上，他又是老师操心最多的一个。二〇一一年二月，老师又给他打来了电话：

"文德，你在哪儿呢？"

"在二连。"

"在二连做什么呢？"

"做一点小生意。"

"你近期要是来呼市，来我家一趟好么？我这儿有点事。"

"老师，什么事？电话里能说吗？"

"能说。"

原来是有家大企业要在蒙古国建一个事业部，需要一个秘书，要求蒙汉皆通，因为文德在蒙古国待过一段，情况熟，金海就想推荐他去，电话里征求他的意见。像这样的推荐已经有过好几次了。

"我吧也就这么点能力。"金海在电话里对文德说,"让我把你推荐到党政机关当公务员,我没那个本事。像这样的信息,我一听到就会及时告诉你的。"

这就是他们的金海老师,已经把学生带出来了,毕业了,还在关心他们,还在帮助他们。

最让学生们难忘的是二〇一〇年"三八节"晚上的那次聚会。

那是金海老师酝酿了好久的一次聚会。他把他带过的所有的研究生都招呼到一起,大家热热闹闹地过了个"三八节"。

已经有几年了,年年"三八节"金海总要有些举动,或者是把在读的研究生聚到一起向女学生们赠送他刚出版的新书——男学生免不了也会沾沾光的;或者是把她们请到家里,他亲自下厨,给她们做他最拿手的"老三样"。女学生们不晓得她们的导师为何对"三八"这天这么在意。只有林娜清楚——金海第一次做手术就是三月八日,他把这一天当成了自己的"再生日",每年都要庆贺一番。但是,这层意思他始终没有捅破,所以,他的弟子们一直以为他光是为女学生们庆贺节日呢。

二〇一〇年的这次聚会他是委托文德具体操办的。

接到任务后,文德很为难,他知道他的老师凡事特别认真,特别要样,饭菜定得差了他怕老师面子上过不去,点得像样些,又不忍心让老师太破费,定菜的时候很费了一番踌躇。

那天林娜也去了,她刚从呼伦贝尔回来,给学生们每人送了一盒从满洲里买的进口的润肤霜。

那天最精彩的是金海老师的即席讲话,话不多,每一个字都是从他心里倒出来的:

"同学们,今天我把我带的毕业的和在读的所有的硕士生和博士生都请来了,你们是在我最困难的时候陪我一起走过来的,我金海一生一世都不会忘记你们。在过去的教学当中，有的同学我可能批评得过于严厉，有的女同学甚至让我批评得哭过，今天在这里我向你们表示真诚的歉意。你们的师母为这个事说过我多次，说你们都这么大了我把你们训得哭鼻子有没有这个必要。但我总觉得我是你们的老师，带好你们、让你们学到真本事是我的天职，我不能糊弄你们，我的良心不允许我那样做。而且，市场是冷酷的，社会是现实的，对这一点，毕业的同学已经体会到了，没毕业的同学很快也会体会到的。你们这二十多位同学虽然大多数不同班、不同届，但你们都是我金海带出来的学生。在今后的工作与生活中，我希望你们珍视这份情谊，多联系、多交往、多沟通、多帮助，要像兄弟姐妹一样亲，要像亲戚朋友一样近。这就是我希望于你们的……"

二〇一〇年"三八节"晚上金海老师讲的这番话，他的学生们是永远不会忘记的。

第十章
榜　样

- 没有一封信是金海写的
- 部长说话了
- 报告团所到之处

28. 没有一封信是金海写的

连辑要亲自过问金海的事情了。金海的名字,他最早是听刘丽华讲的,齐木德道尔吉、郝维民也和他讲过,刘丽华讲得最多。

刘丽华是内大的党委书记,虽然五十多岁了,依然充满激情、充满活力,是一位儒雅、精干的学者型女干部。

连辑是内蒙古自治区副主席,兼内蒙古大学的校长。旭日干校长二〇〇六年调到中国工程院后,内大的校长就一直由连辑副主席兼着。校长由自治区的副主席兼任,本身就说明了内大在自治区的位置和分量。

二〇〇八年的春节快到了。按照惯例,每年春节前校领导要分头去看望内大的老领导、老教授和老模范。金海不在这"三老"之列,但他是"教书育人"的先进个人,又是身患绝症的重病号,自然也在看望的名单之内,而且是刘丽华书记亲自去看的。

看望完金海,刘丽华就直接来找连辑校长。和她一起来的还有副书记赵东。

"连主席,"——尽管兼着内大的校长,他们平素见了还是叫"连主席"——刘丽华一边往沙发上坐,一边说,"我们刚从金海家回来……"

"他的身体怎么样?"连辑问。

"看上去还可以。已经九年了,年年犯、年年做手术,金海自己好像也习惯了。他爱人往出送我们的时候说,总的趋势是越来越重,关键是癌细胞在不断地往别的部位扩散。过完春节,又得做手术。"刘丽华说,"对于金海,我有几点想法,和赵东书记交换了几次意见,他也赞同。今天过来,想给连主席汇报一下。"

"不要动不动就汇报。你们是书记,我是校长,咱们一起商量。"连辑离开他的办公桌,端着茶杯也坐到了沙发上。

"我觉得,金海是在咱们内大这块沃土上成长起来的一位模范,一位新时代的英雄。"刘丽华说,"一九七八年,他从乌审旗二百零八名考生中脱颖而出,走进咱们学校,由一个草原上走来的牧民的孩子,成为本科生、硕士生、博士生,成为副研究员、研究员,成为在国内外很有点名气的学者,现在已经是内蒙古近现代史这个领域内一位名副其实的专家了。"

"我觉得,金海身上有很多的闪光点,他至少在以下四个方面是咱们内大教职员工的楷模:一是'教书育人'的楷模。我们现在有些学者很浮躁,静不下心来,经常想着咋出去挣点'外快',真正用到学生身上的精力很有限,无论是教书还是育人,做得很不好。在这一点上,金海做到了。他不光教学生知识,还通过自己的言传身教,教他们做人的道理,让学生老老实实做人,扎扎实实做学问。他不靠说教,靠身教。学生从他身上看到了,知道该怎么做、不该怎么做,因此有什么心里话都愿意跟他说。二是民族团结的楷模。博士生导师在学生当中的示范作用常常是立竿见影的。这些年社会上稍微有点风吹草动,就有人愣往民族因素上引,在民族问题上做文章。每到这种时候,像金海这样的少数民族知识分子、高级学者,总是以大局为重,自觉地维护大局,他们往往用几句话轻轻一点,就把学生引到正确的方向上来了。金海在这方面做得是相当不错的。三是学术研究的楷模。一个挖掉半张脸、摘掉一只眼,每年都得进医院的重症病人,九年时间写出三百多万字的论著,拿了那么多的大奖,别说是个近乎残疾的绝症患者,就是身强力壮的健康人也很难做到呀!金海做到了。四是战胜厄运的楷模。我们现在的学生,心理素质那么脆弱,稍微遇到点事,就抑郁啦,想不开啦,写遗书啦,跳楼啦,自杀啦!他们的事加起来有金海一个人遇到的事大吗?癌症,对所有人来说都是最可怕的吧?金海遇到了;毁容、摘眼球、半张脸挖掉,金海遇到了;无法进食、无法咀嚼、无法跟人交谈,这样的置人于绝境的难事,金海遇到了;难以忍受的病痛、难以排遣的恐惧……所有这些,金海都遇到了。可是,他该吃就吃,该睡就睡,照样快乐地生活,照样忘我地工作,那么热爱生活,那么善待他人,心态那么阳光。他已经那样了,按理说应该是大家关爱的对象吧,可他却像团火一样,处处给别人以帮助、给别人以温暖。这种情怀、这种境界,不都是我们应当效仿的楷模吗?"

刘丽华喝了口水,又接着说:

"我说了这么多,究竟想表达个什么意思呢?我的想法是:我们不能光是把金海作为一个病人,过年过节去家看看,送些慰问金——当然,这方面的关怀、关心是必要的,以往我们对树起来的先进典型、劳动模范生活上关心不够,对他们的困难过问不多,他们的晚年有的浑身是病,甚至贫困交加,境况很不好。至少我们内大,今后要注意——我们对金海,除了生活上关心,当前最重要的是应该把这个人物很好地加以总结,在总结的基础上把他树起来,作为先进典型,动员全校的教职员工、全校的学生向他学习。"

副书记赵东也讲了自己的意见。他说:

"我从操作层面再讲几条具体意见:一、以内大党委的名义,授予金海同志'优秀共产党员'荣誉称号;二、由内大党委作一项决定,在全校范围内开展向金海同志学习的活动;三、近期内召开一个向金海同志学习的动员会。通过这些措施，把这项活动尽快开展起来。"

"你两个讲的这几条都很好，我都同意。建议党委尽快开会，把这项工作很快地安排部署下去。我最近准备见见金海，跟他聊一聊。咱们开动员大会，我要出席，而且要就如何学习金海讲几条意见。"

两个书记讲完后，连辑校长讲了这么一些话。这也是个性情中人，抓工作雷厉风行，见不得拖拉。他见刘丽华要走，就叫住了她，说：

"对了，你再去趟自治区党委，直接找乌兰部长，向她汇报。金海这个典型，不但要在内大宣传，而且要推向全区、推向全国，这就需要宣传部门出面，借助新闻媒体的力量。在这些方面，乌兰部长有的是办法。"

"到底是自治区领导，看问题的着眼点就是不一样。"刘丽华从连辑校长的办公室一边往出走，心里一边想。

连辑校长来到蒙古学学院二楼那间小会议室时，金海他们正在进行研究生的复试。连辑是来看望金海的。

和他一起来的，有刘丽华、赵东，还有校党委宣传部的乔旺部长、白托娅副部长。

这么近距离地跟连校长接触，金海还是第一次，以前只是在大礼堂里、在会议室里远远地瞭见过。连校长很随和，很亲切，他说的每一句话听上去都那么真诚。他说话的时候老是看着你的眼睛，不像有的领导，嘴跟你说呢，眼睛还不知道往哪儿看呢，金海最见不得那种虚情假意的人。

连辑校长握住金海的手，问他的身体、问他的家庭、问他的工作，问得很细。

"听说你前前后后做了八次手术，要花不少钱吧？算过没，一共花了多少？"

"大概花个三十多万。"

"在这三十多万当中，除过公家报销的部分，你自己得承担多少？"

"大概有一半。"

"这里边包不包括你和你爱人的车船费、食宿费，还有不能报销的医药费？每一次手术前，总得给相关人员表示个意思吧？一件羊绒衫也得给人家送吧？把所有这些开销加起来，恐怕就不止三十万了。是不是这样？"

"大概差不多。我也说不清，每次都是我爱人管着。"

"借了不少债吧？"

"借了。"

"是从学校借的还是跟个人借的？"

"学校没借，都是跟亲戚朋友、跟同事借的。"

"一共借了多少？"

"屡借屡还，不是一次借的。"

"现在还欠多少？"

"基本还完了，没有多少了。"

"金海，"连辑校长说，"咱们学校的书记、校长今天都在这儿呢，你有哪些困难，有些什么要求，需要我们帮你办些什么事，尽管说！"

"没、没什么。学校也好，我们学院也好，对我都很关心。没什么困难。"金海说。

连辑对刘丽华和赵东说："我准备近期开一个校务会议，把金海的住房问题、医药费报销问题、困难补助问题专门研究一下，采取特事特办的原则，帮金海解决些实际困难。不能光是爱哭的孩子有奶吃，不哭的孩子咱们也得送奶吃！"说到这儿，他又拿起笔来，在纸上写了一串阿拉伯数字，然后把那张纸递到金海手上：

"这是我的手机号码，遇到什么困难，随时找我。再就是一定要注意劳逸结合，切不可劳累过度。好多人和我说你工作起来爱玩命，可不能再这样了。跟大夫配合得好一点，把身体保养得好一点，精精神神地多活几年，工作有得做。你说是不是？"

半个多月后，内大党委举办了一场金海事迹报告会。

就是在这个会上，刘丽华宣读了内大党委《关于授予金海同志优秀共产党员荣誉称号的决定》，并向金海同志颁发了优秀共产党员的证书。两名学生代表向金海老师敬献了鲜花。

接下来，安排了四位同志向大家介绍金海同志的先进事迹。他们是：郝维民、齐木德道尔吉、查干巴特尔、包银山。前两位，读者朋友们已经很熟了，我把后两位介绍一下：查干巴特尔是金海所在的蒙古学学院的党总支书记，包银山是金海的学生、二〇〇六级博士研究生。这四个人从各自的角度，讲述了他们眼中的金海，讲述了发生在金海身上的一件件催人泪下的故事。

报告会开始的时候，金海还在教室里给他的学生上课。他是上完课才赶过来的。他进来的时候，那四位同志的报告已经快结束了，他赶上了连辑校长的讲话。

那是连辑校长听完四位同志的讲述后发表的一篇热情洋溢的即席讲话：

今天，我们这个报告会开得非常好，让人非常感动。过去，我参加过无数次的英雄事迹报告会，但是，没有一次报告会的英雄像今天这样，就坐在我们身边，和我们在一个单位工作。

面对金海这样一位离我们如此之近、而且就是由我们自己培养出来的英雄，我们用什么样的语言来表达对他的尊敬、对他的评价都不过分。

金海不是一个个人，而是一个团队。今天在讲台上讲述他的先进事迹的这些老师们，那些为内大的发展奠过基、做过贡献现在已经退休甚至已经辞世的老师们，还有现在仍在内大各个岗位上默默无闻、毫无怨言、认真负责地承担岗位责任的老师们，都是这个团队的成员。没有这个基础，没有这支队伍，没有几十年来形成的一以贯之的内大的良好校风、良好氛围，金海是涌现不出来的！所以，我完全同意郝维民老师刚才的观点："金海的患病是偶然的，而他的成功是必然的！"

金海的价值在哪里？我的看法是：他用自己的身体力行，正确地回答了如何对待人生、如何对待事业、如何对待困难、如何对待死亡这么四个问题。这四个问题是我们每一个人都无法回避的，金海为我们作出了回答。他的回答不是拿嘴说出来的，他是用行动做出来的，因而是最令人信服的。

金海老师从他进入这个学校当一名合格的优秀学生做起，到他后来在岗位上成为一名称职的优秀教师，再后来从事科研工作做那个领域有成就、有影响的扛鼎式人物，一直到他生病后在抗击病魔的同时，出色地完成了读博士学位的繁重任务，在病痛的折磨下始终没放弃给本科生讲课，始终没放弃带研究生，他用这些看似平凡的小事告诉我们：人生究竟是什么？人应该怎样去担当责任？

金海的年龄跟我们差不多，五十出头。这五十多年中，他有九年是在同癌症的搏斗中度过的。而金海最出彩的学术成就、科研成果恰好就在这九年，包括他的博士学位，包括那三百多万字的鸿篇巨制，一个健康人都很难完成的工作量，他一个做了八次重大手术的病人把它完成了。什么是一个人的事业，一个人应该怎样对待自己从事的事业，金海用他的行动做出了回答——事业，就是他初衷未改的选择，一旦选定了，就咬定青山不放松，不论遇到什么样的艰难困苦，也要义无反顾地朝前走，不打折扣地兑现当初的承诺。这就是金海对待事业的态度。

　　金海遇到的困难是常人难以想象的。他得病后，看病花了多少钱，好像没有什么人去关心过。九年时间治疗癌症，光是大的手术就做了八次。他不是高干，医药费不能百分之百的报销；他不是大款，自己没攒下几个钱；那么多的医药费，他到哪儿去凑？很难想象。那天我问他有没有欠款，他说没有。我说那你看病的钱是哪弄的？他说把家里几十年的积蓄都用来看病了。花了三十多万，从来没向组织开过口。我问他财务上对你有没有什么补贴？他说就是按规定报该报的部分。同志们，我来内大快两年了，我的办公桌上经常堆满了内大教职员工写给我的要求解决个人事情的各种各样的来信。没有一封是金海写的！我一来就听刘丽华书记讲了金海的情况，两年了，他从来没有找过我，从来没提过个人的哪怕一点要求。什么是困难？在一个坚强人的眼里，在一个胸怀博大的人眼里，在一个视事业为生命的人眼里，是看不到困难的。再大的困难，和他所钟爱的事业相比，和他所追求的理想相比，都是微不足道的！

　　金海是经历过炼狱考验的，他已经成为一个超凡脱俗的人了。他比我们今天在座的，至少比我，在人生的境界上，特别是在如何树立正确的生死观上，已经确立了一个高度，已经有了一个非常成熟的、理性的、正确的生死观。人固有一死，或迟或早。面对死亡，他也有过与常人一模一样的恐惧，他也和常人一样渴望生命、渴望健康。但是，病魔来到他身边了，怎么办？能不能泰然处之？能不能变压力为激发生命活力的动力？能不能在和困难、和死亡作较量的过程中与时间赛跑？能不能把生存的时间变得更加丰满，使生存的状况变得更好？在这个如何对待生与死的问题上，金海为我们做出了最好的回答。

内大能不能走出一条新的发展之路,能不能在较短的时间内迈上一个新的台阶、达到一个新的高度?除了我们要创造的物质条件以外,我想,更加本质的是需要内大有一种精神、有一种合力,有一种大家共同认可的核心价值观。在这种核心价值观的基础之上,形成一个强大的精神支柱。有了这个精神支柱,我们所面临的困难和金海所面临的困难相比,就不足为怯了。有了这个精神支柱,我们就有了发展的合力,我们完全可以弥补物质条件上的不足。

正是在这样一个关键时期,我们树立了金海。金海的精神就是内大人所需要的精神,也是内大五十多年积累起来的精神。希望大家以金海同志为榜样,通过金海这个英雄模范人物的带动,把我们内大建设得更加风清气正、更加昂扬向上,把内大的明天创造得更加美好!

……

29. 部长说话了

听刘丽华在电话里说有件重要的事情要当面汇报,内蒙党委宣传部乌兰部长把已经安排好的日程推到了下午,空出时间来专门给刘丽华留着。近来,国内好几所大学频频出事,不是这儿的女学生跳了楼,就是那儿的男学生服了药,这些在蜜罐里泡大的孩子们,心理素质脆弱到了极点。乌兰不知道这位和她年龄不相上下的内大女党委书记今天来是报喜还是报忧。

刘丽华比约定的时间早到了十分钟。一进门,来不及寒暄,就直奔主题:

"占用乌兰部长半个钟头，我汇报一下金海的事。金海是我校蒙古学学院教师、蒙古学研究中心研究员、历史学博士、中国少数民族史专业博导、中共党员。一九八二年毕业后留校，一直从事内蒙古近现代史及相关学科领域的研究和教学，科研成果丰硕、专业著述颇丰，是一位在国内外有一定知名度的专家。"

"参加工作二十多年来，金海同志在教师这个岗位上，勤勤恳恳，默默耕耘，呕心沥血，无私奉献，矢志科研，献身教育，带出了二十多名研究生，参加了国家和自治区的十几个科研项目，出版了多部个人专著和合著，发表论文几十篇，多次获得表彰奖励。特别是一九九九年查出癌症后，他以常人难以想象的毅力与病魔斗争，为事业拼搏，事迹相当感人。"

"我们觉得，在金海同志身上，集中体现了新时期共产党员的理想信念和崇高境界，体现了当代教师爱岗敬业、关爱学生，刻苦钻研、严谨笃学，勇于创新、奋发进取，淡泊名利、志存高远的精神风貌，是我校教职员工的楷模。因此，最近内大党委作了一项决定，授予金海同志优秀共产党员荣誉称号，号召全校师生向他学习。我们还开了向金海同志学习的动员会，连辑同志专门作了动员报告。"

"我今天来，一方面是汇报上面这些情况，更主要的是代表校党委，建议自治区党委把金海这个典型拿到更大的范围去宣传，动员更多的人向他学习。"

在听刘丽华汇报的时候，乌兰部长已经把刘丽华带来的几份材料快速地浏览了一遍。她问刘丽华：

"从你刚才介绍的情况看，这个同志确实很不错，事迹很感人，又是个少数民族知识分子，是草原上走出来的土生土长的先进典型。就是不清楚宣传这个人在你们内大会不会引起争议，你们内大可是知识分子最集中的地方，树金海为先进典型，教职员工服不服气；再就是他的这些事迹有没有水分，能不能经得住历史的检验，经得住群众的检验？"

"您讲的这两条都不存在问题。金海的群众基础是很扎实的，他的这些事迹一桩桩、一件件都在那儿放着呢，大家有目共睹。"刘丽华说。

"那好。"说着话，乌兰部长就拿起了电话，"阿龙同志吗？内大的刘丽华书记在我这儿，她推荐了一位叫金海的同志，是他们内大的一位教授，和癌症搏斗了九年。据丽华书记讲，业绩很突出，群众基础也好，她建议在全区范围内很好地宣传一下。你带几个同志下去深入地了解一下，如果事迹确实不错，我看不仅在咱们自治区宣传，还可以推到全国去。对，你准备一下，明天就下去，和内大党委宣传部衔接。一个星期后，我听你们的汇报。"

"好一个干脆利落的宣传部长，几分钟时间就把这么一项很重要的工作安排得头头是道。"刘丽华心里这么想着，人就从沙发上站了起来，她准备告辞。她怕耽误乌兰部长的工作。

"回去后责成你们的宣传部长跟阿龙他们对接，多组织几个座谈会，请知情的同志多介绍些具体事例，要把工作做细，把基本事实搞准，不能有任何水分。在这些方面，还要请丽华书记从严把关呢，拜托了！"

乌兰部长一边往电梯口送，一边再三嘱咐。

乌兰部长在电话里讲的阿龙，是自治区党委宣传部的一位副部长，主抓新闻宣传。这几年，内蒙出了好几个享誉全国的重大典型，其前期工作都是他带着宣传处的同志具体抓的。选树英雄模范，可以说是轻车熟路了。

按照乌兰部长的指示，阿龙带着宣传处的黄文聪处长、王良副处长，第二天一早就赶到了内大。配合他们工作的是内大宣传部的乔旺、白托娅和蒙古学学院党总支书记查干巴特尔。

阿龙的工作做得很细。先是听了内大党委关于金海同志先进事迹的情况介绍，查阅了迄今为止业已形成的与金海有关的文字资料，还调阅了金海同志的个人档案。在把这些基础情况捋清后，阿龙带着他的部下，一头扎进金海所在的蒙古学学院和蒙古学研究中心，大大小小开了四五个座谈会。参加座谈的，有学院和中心的领导，有金海的导师，金海的同事，金海的同学，金海的学生。他们还去内蒙医院找医生护士了解细节，去金海同志家里实地调研。一个星期忙下来，他们手里掌握了大量的素材，他们几个被金海的事迹感动着、感染着，被金海的精神激励着，以至于手里的工作停都停不下来……

　　"金海的事迹太让人感动了，他简直就是'活着的保尔'！"这是他们三个共同的感受。他们一直把这个感受带到了乌兰部长亲自主持的部务会议上。

　　乌兰部长也被他们感染了，听汇报的中间，就显得有些激动。阿龙的话音刚落，她就开始讲自己的意见了：

　　"听了你们的汇报，看了你们梳理出来的材料，我觉得金海这个典型确实不错。在他身上，是不是可以总结出这么三个特点？第一个特点是'立得住'，主要事迹全都是实实在在的干货，全都是催人泪下、感人至深的事实，对树他为先进典型，看来内大的教职员工是众口一词，所以我说这个典型完全能'立得住'。第二个特点是'立得久'。金海的事迹当中有好多是人生在世最基本的东西，包括人生观、世界观、生死观，意义很深刻，这个典型树起来以后绝不会像有些典型那样热闹几天就很快被人遗忘，他是能够长久地立住的。第三个特点是'立得宽'。金海不光是知识分子学习的榜样，也是广大青少年学习的榜样，同时也是各级干部、全体共产党员学习的榜样。可以毫不夸张地说，社会各行各业、各个层面的人们，都可以从金海身上学到好多东西。"

　　"乌兰部长概括得很到位，金海同志身上确实具备这三个特点。"

阿龙说。

"这个典型树不树？怎么树？请大家围绕这两个问题都讲讲意见。"乌兰说。

参加会议的各位副部长、各处室负责人都讲了不少意见，大家一致赞成把金海作为重大典型进行宣传报道。乌兰部长最后说：

"好，既然大家都赞成，那我们今天就定下来，把金海同志作为一个重大典型首先推向全区，下一步争取推到全国去。当前需要我们做四件事：一、组织自治区各个新闻媒体，在深入采访的基础上，迅速掀起一个大张旗鼓地宣传金海事迹的高潮。二、在内大前期工作的基础上，组织一个金海同志先进事迹报告团，在全区各个盟市巡回宣讲，让金海的先进事迹传遍全区各地。三、建议自治区党委授予金海同志优秀共产党员荣誉称号，并号召全区共产党员向金海同志学习。四、以自治区党委宣传部的名义向中宣部请示，建议在全国范围内宣传金海同志的事迹。前两项工作，会议之后就立即开始行动，请阿龙同志牵头。后两项工作，我先向自治区党委主要领导汇报，主要领导同意后，再去北京向云山部长请示。"

几天之后，部长会议议的四件事就全部落实下来了。

乌兰同志向自治区党委汇报后，两位主要领导不仅同意宣传部的四条意见，而且当即表态，近期内就接见金海同志，接见报告团全体成员。有了两位主要领导的支持，乌兰同志又马不停蹄地赶赴北京，向中宣部作了汇报。没过多久，刘云山部长的批示就下来了，紧随其后的就是由中央各大媒体组成的联合采访团。

那一阵子，部里最忙的是阿龙，内大最忙的是乔旺，还有一个更忙的，那就是金海。几乎每一家媒体都想见见他，不光见他本人，还想去他家里看看，更想去他书房瞅瞅。

金海本来是个认真的人，做学问认真，应对记者同样认真。接受采访时有问必答，记者们写出来请他本人审核时，他又像给研究生看论文一样认真，生怕小伙子们讲了过头话。那天有家媒体把他比作霍金，他说什么也不同意，在播出前几分钟硬给改过来。

那段时间，中央媒体、自治区媒体对金海的宣传报道几乎到了铺天盖地的程度。光是七月中旬，各家报纸的报道就多得让人看都看不过来——

二〇〇八年七月十五日，《人民日报》头版首先刊发了该报记者杨明方的长篇通讯《草原上的当代保尔》；

二〇〇八年七月十五日、十六日，《光明日报》连续两天在头版刊发了该报记者高平的长篇通讯《笑傲病魔 痴心执教》；

二〇〇八年七月十六日，《经济日报》刊发了新华社记者李泽兵采写的长篇通讯《草原保尔——记金海教授》；

二〇〇八年七月十五日，《法制日报》刊发长篇通讯《金海：大难下的隐忍》、《金海：大难下的勃发》；

二〇〇八年七月十六日，《科技日报》刊发该报记者胡左采写的长篇通讯《草原上的"中国保尔"》；

二〇〇八年七月十五日，《中国青年报》刊发通讯《金海——用生命守望民族历史》；

二〇〇八年七月十八日，《工人日报》刊发该报记者张玺采写的长篇通讯《癌魔阴影下的生命宽度》；

二〇〇八年七月十七日，《中国妇女报》刊发新华社记者李泽兵采写的长篇通讯《草原上的中国保尔》；

二〇〇八年七月十五日，《中国教育报》刊发通讯《把讲台当作生命的支撑点——记内蒙古大学教授、博导金海》；

从二〇〇八年七月十五日开始，中央电视台连续两天在"新闻联播"节目中报道了金海的事迹。

在此之前，内蒙古的各大媒体也都进行了大量的报道。

通过报纸，通过电视，通过网络，通过各种各样的传媒，金海的名字，被越来越多的人们所熟知；金海的事迹，使越来越多的人们被感动；金海的精神，被越来越多的人们所称颂……

30. 报告团所到之处

在中央和自治区各路媒体运用各自手段高密度、大容量报道的同时，另一支队伍也在自治区各个盟市间往来穿梭，这就是按乌兰部长的指示组建的金海同志先进事迹报告团。

报告团的组成是高规格的。团长是阿龙，三位副团长分别是刘丽华、赵东、王良，四位报告人是郝维民、齐木德道尔吉、查干巴特尔、包银山。内大党委宣传部的乔旺、白托娅是报告团的工作人员。

五月二十一日下午，金海先进事迹的首场报告会在内蒙古人民会堂举行。呼和浩特地区的各高校师生、自治区直属机关干部、驻呼部队和武警官兵一千四百余人聆听了演讲。

这四位报告人都是精挑细选的，他们或为金海的导师，或为金海的领导，或为金海的学生，都是金海事迹的亲历者，都是金海精神的见证人。他们无须逐段逐句地背诵别人写好的讲稿，无须抑扬顿挫地朗诵诗歌般的句式，他们只须把与金海共同度过的那些难忘的岁月，把他们看在眼里记在心上的那个最真实的金海娓娓道来，就足以打动在场的所有听众了。年逾七旬、已是满头白发的郝维民教授，未等开言，已泪流满面，泣不成声；道尔吉教授一句"你给我顶住"，犹如道出了所有人的心愿……

报告会结束的时候，金海同志走上主席台与全体与会者见面，这让报告会进入了高潮。台上台下，所有的人都不约而同地站起来，目不转睛地盯着金海长时间地热烈鼓掌。他们用这掌声，表达着对英雄的敬仰，表达着内心的祝愿……

两名少先队员手捧鲜花走上主席台，代表全场听众，向他们心目中的英雄献上了最好的祝福。

接过鲜花，金海向大家深深地鞠了一躬，他说：

"感谢组织对我的肯定，感谢大家对我的关心，感谢同志们给予我的爱护。我所做的都是我作为一名大学教师、一名共产党员应该做的。眼下，地震灾区的人民正遭受痛苦的煎熬，我很痛心也很牵挂。我相信在党和政府的坚强领导下，在全国人民的全力援助下，灾区人民一定能够渡过难关！作为一名教师，我将一如既往地投入本职工作，以自己的实际行动为国家建设继续做贡献！"

……

两天前，在豪华的新城宾馆，自治区党委书记储波、自治区主席巴特尔亲切接见了金海，接见了报告团各位成员。这是金海有生以来进过的最高档的宾馆，也是有生以来见过的最高级别的领导。

乌兰部长把他引荐给两位主要领导。看上去，储书记和巴主席对他的情况已经很熟悉了，握住他的手，问的都是他们最关心的事。

两位领导和大家很随意地聊了起来。聊的当中，储波书记对大家说：

"金海同志的先进事迹经过新闻媒体广泛宣传后，在全社会引起了强烈反响。金海同志在以坚强毅力与病魔作斗争的同时，以高度的敬业精神投入到本职工作中，在蒙古学及少数民族史的研究上取得了丰硕成果，在教书育人方面培养了大量合格的、高层次的人才，我们要在全社会掀起向金海同志学习的热潮。"

巴特尔主席说：

"全区各行各业、各族各界都要向金海同志学习。如果我们每一个人在自己的工作岗位上都能做得像金海同志这样，我们自治区的经济建设和社会发展就会有更大的进步、更大的成绩。希望金海同志进一步树立大无畏的精神,继续在学术上取得更大的成就!"

两位领导向金海提出了殷切希望,也向报告团成员提出了殷切希望,希望他们通过自己的现身说法,把金海的事迹宣传到千家万户,把金海的精神传播到全区各地。

报告团的同志们就是肩负着这样的使命出发的。

他们先后在呼和浩特、包头、通辽、赤峰做了六场巡回报告,直接听众近万人。通过电视、电台的直播和录像、录音后的转播,间接观众和听众难以计数。

报告团所到之处,受到当地干部群众、教师学生、社区居民的热情欢迎。好多人是从报纸上、从电视里听到金海的名字、听说金海的事迹的。打听到金海事迹报告团来了,他们都想亲眼见一见,亲耳听一听。每一场报告,都座无虚席;每一场报告,都群情鼎沸。讲到动情处,台上台下歔欷一片;讲到激昂处,全场上下掌声雷动。

最能打动观众的是报告团中年龄最大的郝维民。他和金海一起工作了二十多年,从金海进内大读书,到毕业留校、筹建资料编研室、读博、编纂《通史》、带研究生,一直到生病、手术、与病魔作斗争,他都是亲历者,都是见证人。讲到在裕丰宾馆彻夜不眠、加班统稿,讲到从昏迷中醒来一次次打听《通史》的出版,一声声询问进《文库》的讯息,讲到一回回带着学生去牧区搞田野调查,一遍遍要求更换主编……他讲得声声带泪,句句哽咽,下边听得泪眼模糊,哭声一片……

报告会结束后,好多听众迟迟不肯退场。他们团团围住白发如霜的郝维民教授,关切地询问金海的近况,激动地表达自己的心情。

在赤峰——

纺织女工张晓霞说:"金海教授乐观豁达、奋发向上的敬业精神难能可贵,我要向他学习,像他那样,全心全意做好本职工作,多为国家做贡献。"

机关干部王亚军说："金海教授是我区优秀人才的杰出代表,他身上体现了一位生命强者的风范,他生命不息、工作不止的精神值得我们每一个人学习。"

赤峰教育学院教师张国强说："金海教授的先进事迹让我非常感动,他长期与病魔作斗争,还取得那么多科研成果,他是优秀教师的杰出代表,是我们学习的榜样!"

在通辽——

两位来自街道社区的女同志握住郝维民教授的手一再嘱托："回去后,代我们向金海教授问好,请他一定要保养好自己的身体,争取多活几年,创造生命的奇迹!"

有对中年夫妇,丈夫也是一位癌症患者,心理负担很重,老是从恐惧的阴影里走不出来,是他的妻子硬拽着他来的。听完道尔吉校长的宣讲后,她的丈夫很受启发。他对道尔吉说："谢谢金海给了我一把开心的钥匙,谢谢金海给了我生活的希望。我要像金海教授一样,达观地面对疾病,坦然地面对生死,快乐地度过余生……"

在包头——

时任市委副书记的廉素对报告团的同志们说："宣讲金海的事迹意义重大。包头正在建设文明城市,金海同志先进事迹在包头的宣讲必将有力地促进包头创建文明城市的步伐,必将促进全体市民文明素质的提高。我代表市委谢谢你们!"

在呼和浩特——

报告团先后做了两场报告,头一场是给自治区直属机关、大专院校、部队官兵做的,第二场是给市属机关、学校师生做的。市委宣传部长云丽珠说："金海同志就在呼市,就在我们身边,报告团讲的虽然都是些平凡小事,但正是从这些小事中体现了金海的精神。在和平年代,能有多少大事?我们看一个人,也就是从一件件小事中看他的人格，看他的骨气，看他的志向。我们学习金海，就是要从一件件小事做起，把他的精神体现到我们的学习与工作中来，体现到我们的日常生活中来。这样，我们就会活得充实，活得快乐，活得阳光，我们就会在各自的岗位上，干出像金海那样的不平凡的业绩！"

第十一章
牵 挂

⊙ 感觉不对劲了
⊙ 托付
⊙ 遗憾,最大的遗憾

31. 感觉不对劲了

二〇一一年的春节，金海还是与往年一样，回老家和父母、和弟妹们一起过的。

也许，这是自己过的最后一个春节了——列车从呼和浩特启动的时候，他的脑海里又冒出了这个念头。

有这个念头不是一年两年了。那年一查出病来他就想到了这件事。当时以为也就是一两年的事了，哪敢想望能活这么多年，磕磕绊绊地竟过了十二年。

那天文德还说，这么多沟沟坎坎都过来了，老师您没事儿了，只管放放心心地活吧！文德的愿望是好的，金海自己却不敢这么乐观。他近来甚至多多少少有些迷信了。他想起了中国传统文化中十二年为一轮回的说法。从第一次做手术到今年正好十二年了，闹不好今年就是一个坎儿。过了这道坎儿，兴许还能对付个三五年；这道坎儿要是过不去，句号也就画在今年了。

看起来够呛！

自过完元旦，自己就感觉身上不大对劲了。先是脑袋疼，不一定哪一阵子，突然间来一下，是那种剧烈的、钻心的疼，还伴着短时间的眩晕，像是身体骤然间要倒下一样。后来是胸部不适，憋，闷，不好出气，老觉得心烦，莫名其妙地烦躁，动不动就想发火。再就是身上没劲，老有种力不从心的感觉，干什么事也打不起精神来，好多本该他参加的交往应酬也尽数推掉了，就那么懒懒地坐着，每天唯一的活动就是到楼下散散步，坐在那个烂沙发上晒太阳。

这可不是金海的为人，几十年了，从来没像今年这么懒散过。

也许是精神的缘故。

这十二年，自己脑子里这根弦一直绷得紧紧的，每年、每月、每天的日程排得满满的，心里老在对自己说，手头的这些事情干不完，说下甚也不能倒下。这些年，这根弦一直在绷着。

到二〇一〇年底，心里谋划的事情大多做完了，画上句号了。

历史学博士，这个向往已久的学位，他在得病的第三年头上就拿到了。这可是最高一级的学位呀！作为一名学者，还有比这更值得珍惜的么？一九九九年患病后，在读博这个事情上曾一度产生过动摇，担心不等读完就离开这个世界，是道尔吉导师一声"断喝"，坚定了自己的信心。在后来的日子里，"爬雪山"也好，"过草地"也好，他顽强地挺过来了，最终以七个A的高分通过了论文答辩，获得了博士学位。这是他与病魔搏斗拿下的第一个高地，打赢的第一场战役。

像春蚕一样把肚里的蚕丝吐出来，能吐多少吐多少，能吐多久吐多久，以此来回报人民、回报社会，这是他向郝维民老师作过的承诺。如今，这个承诺也兑现了：他先后出版了《日本与内蒙古》、《日本占领时期内蒙古历史研究》两部个人专著，出版了《内蒙古革命史》、《蒙古民族通史》第五卷、《蒙古族——内蒙古正蓝旗巴彦胡舒嘎查调查》、《内蒙古历史地理》、《蒙古史纲要》等十二部合著，还完成了《鄂温克族资料汇编》、《准格尔旗扎萨克衙门档案译编》等三部史料汇编。《内蒙古通史》第六卷也已编纂就绪，就差正式出版了。与此同时，还用蒙、汉、日文发表了学术论文近四十篇。如今，除了《通史》，其他作品都已经带着墨香到了读者手上。

像灯塔一样耐得住寂寞,像蜡烛一样自觉自愿地奉献,通过燃烧自己,来照亮别人,这是他那年从重庆去武汉在轮船上作下的承诺,如今这个承诺也兑现了:到去年年底,他先后招了十七名硕士生,十名博士生,除过四名在读,还有两名正准备毕业论文,其余的都毕业了,大部分走上了工作岗位。

人啊,紧紧张张的时候,身上各个器官都围着手上做的事情各司其职,虽然忙一些,累一些,没什么毛病。一消闲下来,精神就松弛了,注意力也分散了,各种潜在的毛病可就显现出来了。最近身体上的这个症状、那个症状,大概就是这样出来的。过去只听说"人闲出故事",看来人闲也容易出毛病。过完年,还得让自己忙起来,还得回到前几年的状态当中去。

坐在金海对面的是一对年轻夫妻,带着个一岁左右的孩子,那孩子已经开始说话了,朝着金海一个劲叫"爷爷"。金海也高兴地和孩子应答着。

从眼前的这个孩子,他想起了自己的孙子。

是的,金海已经有孙子了,已经当上爷爷了!这是今年这个年下最让他高兴的一件事!

二〇一〇年,趁着身上精神,他把家里的两件大事都办了。一件是儿子的婚事,一件是家族的聚会,这两件事萦系在他心头有好几年了。特别是儿子的婚事。他还真担心万一哪天跌倒了,走了,儿子还是单身一个,这让他到了那边也放心不下呀!现在好了,儿子不光娶过了媳妇,一赶过年,儿媳还给他生下个八斤重的大胖孙子!孙子出生那天,林娜和亲家母在医院那边忙,他一个人在家就给小孙子起名字,一口气竟给起了九个。用哪个,让他们去挑吧……

如今,金海的两个老人都搬到东胜了,和金峰住到了一起。妹妹一家也在东胜。有他两个照顾金海放心了好多。

两个老人都上年纪了,父亲今年八十六,母亲也七十七了,看上去精神还好。人到了这个年纪,能吃、能睡、能行走,比什么都强。

两个老人已经从电话上知道了淖淖生儿子的事,又看了金海用手机拍回来的照片,高兴得额头上的皱纹都绷展了;一个当了太爷爷,一个当了太奶奶,不住气地念叨让金海等天暖和了抱回来让他俩亲眼看看。隔代亲,隔了两代更亲!

如今的鄂尔多斯,在城市建设上真正是"日新月异",几个月没回来,好多地方就盖得认不出来了。鄂尔多斯人更是"财大气粗",光是年下放的烟花爆竹,就跟不花钱似的,一家赛过一家;三十晚上,好像美国人炮轰巴格达呢,电闪雷鸣的,一晚上不消停。

金海陪着父母看了会儿春节晚会,见俩老人困了,想睡,他也就没有再看。进来不少短信,有同事的、同学的、学生的,还有两条是看病时认下的病友发来的。有的他给回了,有的也没给回。他不喜欢拿别人的短信转来转去,要发就发自己的,哪怕就一个字呢,抄来抄去,实在没多大意思!

初一上午,金峰他们要去成陵、去乌审召拜年,往年身体好的时候,金海也跟他们一起去,今年实在打不起精神来,他自己也没敢张罗。半前晌的时候,妹妹一家过来了,家里又热闹起来。

趁他们做饭的工夫,金海打了几个电话,给道尔吉校长,给郝维民老师,给赛航、苏德,也给内蒙医院的几位大夫。他的学生们也都接二连三地打电话过来,向他拜年,为他祝福……

金峰他们是初二下午从乌审旗回来的,带回了亲友们的一连串问候。去年秋天家族大团聚,老老少少聚集起一百多口子,自那以后,一些不大走串的亲戚又都热热和和地交往起来了,这是很让金海高兴的。

相互拜年的热乎劲下去以后,金海又打开电脑,开始录入他的几篇译稿。他还是想把自己的注意力集中到工作上来。外面的应酬都推掉了,一则身体不做主,二则他也不大愿意去酒桌上讲那些言不由衷的客套话。每天就在家里待着,上午趴在电脑上忙译稿的事,下午就陪伴两位老人说些让他们开心的话。这中间，林娜来过两个电话，催他早些回去，他一推再推，一直住到正月快尽了才开始起身。

也许是第六感观在起作用吧，金海总觉得自己这回走了不大可能再回来了。心里有了这个想法，言语中就有意无意地流露出这个意思来了。临回呼和浩特的头天晚上，金海把金峰叫到他住的这屋，弟兄两个说了好一阵子话。金海说：

"过完元旦，我就明显地觉见自己的身体大不如前了，看起来，我是往咱们俩老人的前头走呀！"

"大哥，大新正月的，你咋想起说这么句话？你得这个病也不是三月两月了，十几年都过来了，哪能说不行就不行呢？"

"唉，灯油也有耗尽的时候，更何况人呢？我的病我自己也有个估计，今年就明显地不对劲了，就怕是挺不过去了。金峰，死，我倒不怕，心里早就把它看开了。我现在最牵挂的是两件事，一件是工作上的，一件是咱们家里头的。工作上的事，我回到呼市自会托付的；家里头的事，就只能托付你了。家里头我不放心的是'两老一小'，'两老'就是咱们的爹妈。他俩都七八十了，这回回来，我看精神还好，身体也没大毛病。吃吃喝喝，穿穿戴戴，不用我交代，有你和你姐，我是放心的。我最担心的是我走了以后，俩老人一旦知道了承受不住。哥请你一定要想办法把俩老人瞒哄住。别的都还好办，就怕看电视。到时候电视肯定要播的，他们一看见可就坏事了。所以，从现在起就不要让俩老人看电视了，尤其是新闻。"

"哥，这些话你就不要嘱咐了，真要是那个啥了，我会想办法的。"金峰对哥哥说，"我倒是劝你回去赶紧看。呼市不行，就去北京，大医院有的是办法，你自己不要丧失信心……"

"病当然要看的。但是这方面的准备也是该做的时候了……"

"哥，这个话不要说了，我听了心里难受。"金峰打断了金海的话，他说，"你刚才说'两老一小'，那'一小'是……"

"'一小'就是淖淖。他尽管结了婚、生了子,我对他还是不放心,主要是他的工作。这个事你也帮不上,我回去跟内大的领导商量吧!为自个儿的家事找领导,这个嘴我向来张不开。这回为了孩子,试一试吧!跟别人不好开口,跟道校长应该问题不大,我俩既是上下级,又是师生、是朋友。他现在还在日本。他一回来,我就跟他说。唉,难呐!"

32. 托付

道尔吉副校长是五月二十二日才从日本回来的。

一下飞机,他就把手机打开了。国内的手机在日本不能用,已经闲置好些天了。在输送带前等行李的中间,电话响了,一看号码是金海打来的,他赶紧接。

电话那头的声音非常虚弱,虚弱得几乎有气无力了:

"你可总算回来了,我以为我这辈子见不上你了……"

"金海,你怎么样,还好么?"

"我掐算着你该回来了,回来就好。咱们见面再谈吧……"

"那好,我把手头的事处理一下,一两天就去看你。"

"好,我等着。"

合上手机后道尔吉的心紧紧的,听声音金海的情况很不好,一定病得很重了,而且心情也很糟糕。他临去日本的时候去看,金海还好好的,这才多长时间,怎么一下子就成了这样?

道尔吉把当紧的事情处理完,第三天下午就去看金海了。从办公室走的时候,他给金海挂了个电话。

那天天气很好,太阳暖暖的,他把外套脱了,光穿了件长袖衬衫。金海却穿得很厚,上身是类似小棉袄的那么一件厚厚的衣服,在楼下的一个破沙发上坐着,一边晒太阳,一边等他。脸色越发憔悴了,人也更瘦，精神状态很不好。

见了道尔吉，金海显得很高兴，伸出两只手把道尔吉的右手牢牢地握住，半晌不松开。随后，两个老朋友索性情不自禁抱在了一起。这情景让在楼上的林娜看见了，一个人掉了好多泪。

像以往一样，茶几上又摆了很多好吃的东西。道尔吉一面往下坐一面对金海说：

"你在日本的那些熟人都一个劲儿地问你呢，说如果身体允许，他们还想请你再去一趟。日本朋友对你很尊重。还记得你那年在东洋文库收集资料的事。他们说，这些年你让这点病影响的误了不少事，要不金先生早就是一位大学者了！"

金海苦笑了一下，没有吭声。

"气色不如我走的时候好了。你自己感觉怎么样？"道尔吉眼睛盯着金海看，嘴里关切地问。

"不好，很不好，怕是挺不过今年这个夏天了。"金海嘴里说着话，脸上滚下两行泪来。他得上这个病十二年了，道尔吉头一回见他掉眼泪。

"你自己不要泄气，这些年多少大江大河都过来了，今年也一定能过去。"道尔吉安慰他的老朋友。

"我的病我清楚。自过了年，感觉就不对劲儿了，估计坚持不了多久了。我跟你得说实话。这些天我就是盼你，盼你回来，有些事要交代一下。"

说到这儿，金海朝妻儿挥了挥手。林娜领着儿子进了东边那个小屋。客厅里就剩下了金海和道尔吉。

金海说：

"头一件是我编的那几本书。别的都已经出版了，包括我个人的文集，都画上句号了。现在就剩《内蒙古通史》了。那么重要的一套书，早就齐备了，在出版社手里压了这么长时间。看来我是等不上了。第六卷是赛航和我两个人编的，赛航做了大量工作。我的意见是主编署成赛航，我的名字就不要上了。我已经这样了，赛航路子还长。这个意见我跟郝维民老师谈过多次，跟赛航本人也谈过，今天跟你再正式谈一次。我请求你们能尊重我的意见。"

"这个事郝维民老师跟我也说过。我们商量的结果是你们两个的名字都上，都是主编……"道尔吉说。

"都上也行。但是一定要把赛航的名字搁在头里，把我挂在后面就行了。"

"具体谁在前，我们再商量吧。"道尔吉说，"这是一件。你说的第二件呢？"

"第二件就是我手头带的这几个学生。"金海从小桌上拿过一页纸，他指着写在纸上的那几个学生的名字对道尔吉说，"这两个准备得差不多了，毕业论文我已经给改了两遍，论文答辩估计问题不大。这四个是前年和去年才招的，恐怕得请别的老师接着带了。还得麻烦你给大家分配一下，看怎么分合适，千万不要把孩子们的学习影响了。"

"这个没问题，你放心，我们一定会尽心尽力地把这几个学生带出来的。"道尔吉说，"你看别的还有什么，你自己的，家里的，有啥只管说，跟我不要不好意思。"

道尔吉估计金海还有更重要的话要说，见他欲言又止、一副犹犹豫豫的样子，就说了上面的话，竭力督促他。

"再就是淖淖的工作了，这你是最清楚的。"金海终于说出来了，显然是犹豫再三、下了很大的决心："我这辈子最对不起的有两个人，一个是林娜，再一个就是淖淖。林娜就不要说了，那么善良的一个姑娘，她把全部的爱都用在我身上了，我不仅没有很好地回报她，反而没完没了地拖累她，让她承受了那么大的压力。她这个人命很苦，早先当知青，在牧业点上傻乎乎地甚么活也干，落了一身病。跟我结婚后，先是穷得要啥没啥，后来生活宽裕了，我又得了这么重的病。这些年，左一出，右一出，我是死里逃生，她是担惊受怕，一个女人家，把好多男人都承受不了的压力就她一个人担了。我欠她的情，这辈子是无法补报了。我什么也不说了，说也没用了。我就跟你说说我的儿子，说说淖淖。"

"你我都是做父亲的。我对儿子的爱，我们父子的感情，你看得最清楚。可是，自一九九九年得上这个病，儿子再没得到多少父爱。这些年，林娜尽顾了给我看病了，年年往北京跑。我俩一走，家就扔了，儿子也等于是扔了。一九九九年，淖淖十六岁，正是男孩子出现逆反心理、产生各种冲动、掌控不了自己、容易走向歧路的年龄，正是最需要父母呵护、理解、关爱的时候。偏偏这个时候，我和林娜除了做手术、化疗，根本无暇他顾。这就把孩子耽误了。等我发现他喝啤酒、泡网吧、不好好上课的时候，光知道粗暴地喝斥、硬性地管束，却没有从根子上剖析原因，耐心细致地说服引导，结果是进一步加剧了儿子的逆反心理。最终的结果是初高中的课程没好好儿上，虽然后来也上了大学，你是知道的，他的那个本科文凭，对他的就业以至日后的发展帮助是极其有限的。这是我这辈子最愧疚的一件事。"

"为这个事林娜老埋怨我，说我是个不称职的父亲，除了住院看病，把所有的精力都用到著述、读博、带研究生上了，说我哪怕把对研究生的关爱分出十分之一来用到儿子身上，淖淖也不至于落到现在这个地步。有时候我嘴硬，不认账，老跟人家犟。说实话，人家林娜讲得一点没错。我带的这些博士生、硕士生，年龄跟淖淖不相上下。每每看到他们一个个拿到了博士学位、硕士学位，而与他们同龄仿佛的我自己的儿子连个正儿八经的本科生都不是，我的心里难受啊，作为父亲，作为教师，我自责呀……"

"这些话，我跟别人不能讲，讲了让人家笑话，只能跟你讲。我清楚自己来日无多了，在离开这个世界的时候，就家事而言，最不放心的就是淖淖。他虽然成过家了，也有了儿子，但我知道，他还没有自立的能力，他爱人也没有工作；他自己在咱们内大图书馆干些事，名义上算是工作了，但那是临时的，现在这种体制，随时可以把他解雇。靠他自己要想谋到一份像样的工作几乎是不可能的，他没有这个能力。林娜也没有这个能力。我只能拜托你了。我这辈子开口求人只有两次，头一次是为林娜的工作，这次是为儿子的工作。你既是我的导师、我的兄长，又是我的领导，我只能跟你开口……"

金海刚说到这儿，儿子一开门从里屋走出来，林娜拽都拽不住。

"爸爸，别说这个事儿了，我的生活我自己能安排好的，你不要操心了，不要让道大爷为难了！"

"这件事，你放心。无论从哪头讲，能帮的我一定帮。"道尔吉对金海说。他回头又对淖淖讲："你自己也要努力，在图书馆一边好好工作，一边继续学习，为今后的发展尽量多创造些有利的条件！"

33. 遗憾，最大的遗憾

放下电话，道尔吉就开车往金海家走。他要去接金海过来拍录像。

金海他们工作的这个部门叫蒙古学研究中心，这是教育部的人文社会科学重点研究基地。这样的基地在全国各高校共设置了一百个，都是比较大的科研平台。金海是这个中心的研究员。他除了在自己的那个领域搞研究、搞教学，还分管研究生培养的工作。他很有战略思维，很有学术眼光，很有学术组织能力；在研究中心，不光是一个卓越的科研人员，而且是一个很不错的科研组织者。特别是在研究生培养上，他有一套很完整的思路，中心的研究生培养方案就是他参与制订的，里面的好多观点和做法就是他提出来的。要不是病拖累，金海早就是道尔吉业务上的得力助手了。

大前天，教育部来电话，要求围绕《内蒙古通史》的编纂拍一个电视片，作为资料长久地保存下来。这正合了道尔吉和郝维民的意，他俩也早就想搞这样一个片子，给将来留些资料。这就定下来今天上午拍，参加编纂的主要人员差不多都通知到了。金海这儿昨天下午就通知了，一开始，金海推三阻四地不想来。道尔吉说："缺了谁也不能缺了你，我背也要把你背来。好了，你就在家等着吧，我去接你。"刚才一赶走，道尔吉又给他打了个电话，告诉他一会儿就到。

要是搁在从前，金海早就穿戴整齐在楼下候着了。然而，今天楼下空空如也，金海常坐的那个破沙发也空空的。楼下有个读报栏，金海老去那里看新闻；道尔吉朝那儿扫了一眼，读报栏前也是空无一人。他只好把车停好，上楼去接。

老先生还在床上躺着，外面的衣服也没穿，压根儿就没有走的意思。道尔吉又给做了半天工作，林娜在旁边也连哄带劝，金海这才勉勉强强地开始穿戴。

道尔吉见他少精没神的，领带也没系、头发也没梳，就从衣架上把领带取下来硬给系上，林娜拿梳子把头发给梳了梳，两人这才慢慢地下楼。

上车以后，道尔吉问起这两天身体的情况。金海说："很不好。整夜整夜地失眠，偶尔睡着一会儿，也是尽作噩梦。一白天身子懒懒的，一点劲儿也没有。脑袋老疼，带得肩膀、后背也疼，疼起来钻心钻心的……"

"今天录完像，赶快住院吧。还住铁路医院。我看那儿治这个病还是有不少办法的，去年眼看顶不住了，不就是他们给治好的？"道尔吉一边开车，一边劝老朋友。

录像就在图书馆阅览室拍，道尔吉特意嘱咐给金海多拍几个镜头。拍不好，别人还可以补拍，金海毕竟机会不是很多了。

金海的好几个镜头是在他原先工作的资料编研室拍的。一进那个屋子，金海一下子就精神起来了，他打开卷柜，熟练地取出他要找的资料，坐到小桌旁，旁若无人地翻阅起来，跟平时工作一模一样，没有一丝"摆拍"的痕迹……

这帮人聚到一起不容易，道尔吉定了两桌饭，想让大家一块儿热闹热闹。金海跟道尔吉说：

"饭，我就不吃了。我和郝老师说会儿话，一会儿打个车就回去了，你不要管了。"

金海和郝维民找了一间小屋，两个人关住门又推心置腹地拉起来。除过郝维民问他的病，更多的时候都是金海在说，说所里边的事，队伍里边的事，换主编的事。换主编这件事，光是跟郝维民，他就说过三遍了。

"这件事你不要再说了。"郝维民打断金海："这个事我和道校长已经商量过了，你俩的名字都上，都是主编，你在前，他在后。"

见郝老师这样说，金海也就没再坚持。两人沉默了一会儿，金海又说：

"老师，那年您动员我毕业后留在研究所工作，当时您讲过一段话，一段影响了我一辈子的话。"

"是段什么话？我早忘记了。"

"我可没忘，一个字也没忘。您当时是这样说的——搞史学跟搞文学不一样，得成天往故纸堆里钻，说得难听点，就是跟'死人'打交道，很枯燥，很乏味，你得守得住清贫，耐得住寂寞，得准备着把研究室的椅子坐穿！"

"噢，想起来了，是讲过这样的话。"

"老师，您还记得我当时是怎样回答您的么？我说——我是从沙漠里出来的，是牧民的孩子，能耐得住寂寞，能吃得了苦。既然走了这条路，我金海终身不悔！"

"那老师问你，你现在后悔吗？当时跟你一个班的同学，论收入、论地位，有些人现在可是比你金海实惠得多呀！"

"老师，我不后悔。我很高兴这辈子结识了您这样一位好老师。跟上您，我做了我喜欢做的事，而且把它做成了。人活一辈子，活多少岁是个够？在离开这个世界之前,能给社会留下点有用的东西,能给人民做成点有益的事情,这就够了,这就没白活。所以说,我已经心满意足了,我不后悔。现在最愧疚的是没能再多干些事。党和国家培养了我一回,没等回报,身体就出问题了,这么多年尽看了病了。从身体的情况看,恐怕是看不到《通史》出版了——这是我心里最遗憾的一件事。"

"你？"郝维民见他竟说出这样的话来,不由得一愣,"你都胡说些什么……"

"唉,不是胡说,我的身体我知道！不管咋说,咱们的《通史》眼看就能出版了,这是咱们最高兴的！"

俩人正说到这儿,道尔吉一推门走进来,招呼他俩去餐厅。金海还是说不去。道尔吉要送他,他不让,非要自己打车走。道尔吉不放心,坚持要送他走。

金海临上车,又把内大的校园转着圈儿地看了一遍,流露出一种依依惜别的眼神。郝维民老师见了,又伤感地流下泪来。

录完像的第四天金海就住院了。还是住在铁路医院。

医院给他作了一次全面的复查。复查的结果非常不好：癌细胞又扩散了,不仅扩散到了脑部,而且扩散到了肺部。怪不得金海一个劲地喊头疼,喊胸闷！

见了复查结果,道尔吉才弄明白录像那天金海为什么会那样,当时要知道金海的身体糟糕到这个程度,他说什么也不会逼着老朋友强支病体做他无力承受的事。

他顾不上责备自己了,一面向校领导汇报金海的病情,一面开车直奔铁路医院,他要和院方商量金海的治疗方案。

医院也显得有些束手无策："手术是不能再做了,只能是化疗；可是,化疗也是双刃剑呀,就金海目前的身体状况,他还能不能承受化疗的副作用呢？"

"那也不能坐以待毙吧？"一向沉稳的道尔吉也有些急了，他对金海的主治医生说。

"反正现在就处于这样一个两难的状态当中。"大夫是不急的，这是人家的职业素养，"好吧，我们边摸索边治吧！"

在医疗部门精心医治的同时，组织部门也在筹划着一件大事。

二〇一一年是中国共产党建党九十周年。党中央决定隆重庆祝这个盛大的节日，隆重表彰一批全国各条战线涌现出来的优秀共产党员、先进基层党组织和优秀党务工作者。

金海作为内蒙古优秀共产党员的代表被报到了中央。中组部经过严格筛选，不仅把金海确定为表彰对象，而且决定邀请他进京，出席全国的表彰大会，并参加'七一'前后的一系列庆祝活动。

喜讯传来，多少人为金海高兴！是啊！这样神圣的荣誉就该落在像金海这样的真正的共产党员身上嘛！金海同志获此荣耀当之无愧嘛！名至实归嘛！让这样的党员代表我们进京参加党的九十华诞庆典我们打心眼儿里赞成嘛！

然而，也有不少人替金海捏着一把汗！他们担心金海的身体，怕他来来回回鞍马劳顿，身体吃不消。内大的领导们在担心，铁路医院的医生护士们在担心，金海的同事、朋友、同学、学生们在担心，他的妻儿更担心！

所有人的心情都是矛盾的：大家又想看到他的身影出现在人民大会堂的领奖台上，又怕他身体过于虚弱顶不下来。大家都在看金海自己怎么决定，他老说，他的身体自己最清楚。

组织部门的同志把这个消息告诉金海后，金海没有当时表态。他为这件事思考了一个晚上……

这些年金海获得的荣誉确实不少了——

再远了不说，就说二〇〇八年吧！那一年，他先是被内大党委授予"优秀共产党员",紧接着又被自治区高校党工委、自治区教育厅党组授予"全区教育系统优秀共产党员",而后又被自治区党委授予"优秀共产党员"。还是那一年,他还被内大评为"先进科技工作者",被自治区评为"全区道德模范"……

二〇〇九年,他被中华全国总工会授予"全国五一劳动奖章",被中宣部等六部门授予"全国道德模范提名奖",被国务院授予"全国先进工作者"……

这回,又被中央授予"优秀共产党员"。这是他迄今为止获得的最高荣誉。作为一名共产党员,怕是没有比这更高的荣誉了吧!进京,进人民大会堂,直接接受中央领导同志的嘉奖,更是莫大的荣誉了,这是自己几十年来做梦也不敢想的事啊!

可是,自己的身体确实不给做主了,那天硬撑着去学校拍了录像,回来就支撑不起来了。自己要强了一辈子,从来不想让别人看到自己痛苦的那一面、艰难的那一面、疼痛难忍的那一面;在学校尚且如此,在学生、同事面前尚且如此,更何况是去北京,是在中央领导面前,是在电视直播面前,是在全国人民面前?现在,自己的精力已经快耗尽了,生命的尽头怕是不远了,谁知道那一刻什么时候到来?万一正好赶在大场面上,事情可就无法收拾了……

唉,放弃吧,心上再痛苦也放弃吧!尽管这样做将带来终身的遗憾,再遗憾,也放弃了吧!自己遗憾是小事,要是因为身体不做主,在关键时刻出些差错造成不好的影响,事情可就大了!

……好了,这件事就这样办吧。

第二天,当金海把自己的决定告诉组织部门的同志时,大家都在为他错失这样的机遇而惋惜,包括林娜都力劝他不要放弃。只有道尔吉例外。他对组织部门的同志说:

"但凡有一分可能,他是不会放弃的。他既然这样决定,肯定有他的想法。尊重金海个人的意见吧!"

第十二章
英　雄

⊙ 草原上的当代保尔
⊙ 他就是英雄，新时代的英雄
⊙ 在那长满艾草的山坡上

34. 草原上的当代保尔

七月一日这天，金海过得好开心。好长时间了，没像今天这么开心过。

让金海开心的事情有两件。

头一件是在北京召开的表彰大会上他被中共中央授予"优秀共产党员"荣誉称号。这个消息是自治区组织部的同志专门打电话告诉他的。组织部的同志说，获奖证书过两天就给他送来，到时候还要请他讲获奖感言呢！

放下电话，金海心里隐隐地有些后悔，后悔自己错过了这次进京领奖的机会，也许去北京走上一趟，心里一高兴，身上这病能减轻几分呢！他把这话说给林娜，林娜狠狠地瞭了他一眼。他知道，在这件事上林娜一直是鼓动他去的，甚至说买个轮椅也把他推进人民大会堂去。唉，说什么也晚了……

第二件是淖淖领着妻子、抱着儿子来医院看他了。小孙子已经六个月了，长得胖乎乎的，小脸蛋红润红润的，一见他就笑，还张罗着要找他，想让他抱。金海从淖淖怀里接过孙子，没等抱稳了，小家伙一扑腾，差点连他带孩子摔倒。唉，身体弱得连个半岁的孩子也抱不动了。

全家五口热闹了一下午。天快黑的时候淖淖他们要走了，林娜也想走，金海说死说活不让。近来他一刻也离不开林娜了，觉得林娜在跟前心里才踏实；林娜离开一会儿，他就又发短信又打电话地找。林娜怕他不高兴，也就没敢走。

林娜出去打饭的时候，在隔壁病房陪床的一个姑娘拿着本杂志跑过来，指着上面的一篇文章让金海看。金海瞟了一眼，上边登的正是《人民日报》记者杨明方写的那篇通讯：《草原上的当代保尔》。

"金叔叔这么伟大、这么坚强。我和我爸说，您也得向金叔叔学呢，争取战胜病魔，顽强地活下去！"姑娘说。

金海友善地笑了笑，又把杂志还给了姑娘。

病房里没有电视，金海想看看新闻也看不成。林娜把他晚上吃的药取出来，看着他一样一样的喝下去，回头又从包里取出了自己的药——她也是个病人哪！

"把我这儿安顿住了，你再去输几天液吧！我看你最近的脸色很不好。"金海对林娜说。

"还是先顾你吧。跟你的病比起来，我那点儿病算什么？你是大病我就是小病，你要是小病我就没病。叫我说，当务之急还是选个合适的人给你陪床。有人在这儿陪着，你也少受些罪，我呢，也不至于像现在这么累。"

"我昨天就给金峰打电话了，让他帮我从老家选个合适人，一则饮食起居不别扭，二呢晚上还能陪我说说话，也不知道他找得怎么样了？"

金海刚说到这儿，电话响了，正是金峰打来的。金峰在电话里说，他把这事托付给乌拉了。乌拉是他舅舅的儿子，比金海小七岁。乌拉说他自己就闲着没事，他去得了。金海一听也很高兴。林娜也放了心。

两个人又说了会儿话，林娜有些困，就歪在行军床上睡着了。

金海却毫无睡意，就一个人躺在那儿想心事。

他又想起了杨明方的那篇通讯。那个文章他三年前就看到了，是从《人民日报》上看的。杨明方把他比作了保尔，那可是对他最高的褒奖。

保尔的故事他再熟悉不过。那本《钢铁是怎样炼成的》，他当年在嘎鲁图念高中时就读过了，他还把书里的那段名言抄在了自己的小本上。现在还能一字不落地背出来：

> 人最宝贵的是生命。生命属于人只有一次。人的一生应当这样度过：当他回首往事的时候，不会因为碌碌无为、虚度年华而悔恨，也不会因为为人卑劣、生活庸俗而愧疚。这样，在临终的时候，他就能够说："我已把自己整个的生命和全部的精力献给了世界上最壮丽的事业——为人类的解放而奋斗。"

当时，他只是把它作为一条名言警句记下来的。谁能想到，几十年后，它竟然成了自己同厄运抗争、与病魔拼杀的一件强大的精神武器。

是的，确确实实是一件强大的精神武器！

一九九九年三月，在协和医院做完第一次手术后的那段日子里，在他和林娜租住的那家小旅馆的单人床上，在黎明时分一次次从噩梦中惊醒之后，若是没有英雄保尔那种大无畏精神的激励，若是没有英雄保尔那句至理名言的警示，若是没有导师道尔吉在关键时刻的那声"断喝"，自己哪能那么快地从那个让人毛骨悚然的"黑障"中走出来，从容地面对死亡，达观地应对不幸呢？

人啊，在人生的某一个时候确实需要有人从旁点拨，帮助他看开一些事情，这样，他才能迅速地从茫然中走出来。当然，点拨归点拨，最终还得靠自身，靠自身的积淀，靠自身的努力。

　　就拿自己来说吧，若不是从小就立下了志向，不想庸庸碌碌地虚度此生，总想做成几件事，身后给这个世界留下点有用的东西，给熟悉的不熟悉的人们留下些好的念想；若不是这样，自己也不可能那么快地从那种状态下调整过来，从那种状态中振作起来。

　　本来么，从小立下的志向还没有实现，自己来到这个世上还一事无成，怎么能就这样走呢？无论如何要活下去，无论如何要干成些事，无论如何要给这个世界、给世界上的人们留下些什么！当时不就是这么一股精神激励着自己从"黑障"中闯出来的么？

　　当时，自己的期望值并不高，能活一年就行，五年当然更好，要是能活个十年八年那简直就烧高香了。结果怎么样，比最高的十年还又多出两年来！

　　哎呀，这十二年可是活得不容易呀！为了跟时间赛跑、跟命运赛跑、跟病魔赛跑，自己可真是一天也没敢虚度呀！每天的日程，比人家健康人还排得满；一年下来干成的事情，比人家身强力壮的人还干得多！那是因为怕呀，怕万一倒下了，离去了，好多事情没干完，那不是留下终身的遗憾？

　　……

　　现在好了，计划好的事情都干完了，都码得放在那儿了。这就是自己的成果，这就是我金海留给这个世界的有用的东西，留给人们的一些念想。往后人们翻起这些书来，看着上面的名字，会知道这个世界上曾经有过一个叫"金海"的人，给我们留下这么几本还算有用的书——这就够了。我金海知足了！即便明天就死，我金海也死而无憾了，我可以问心无愧地说——我已把自己整个的生命和全部的精力都献给了自己钟爱的事业，献给了自己伟大的祖国，献给了自己可爱的民族……

35. 他就是英雄，新时代的英雄

金海是八号晚上进入昏迷状态的。

八号早晨还好好的，自己起的床，自己叠的被，自己吃的早点。吃过早点后就开始化疗，一个劲地输液；中午吃了一点东西，又接着输。晚饭就没有吃，一晚上躺着没动，一声呻吟都没有。其实那时候就已经昏迷了，陪床的乌拉没有发现，以为他睡了。

金海一连几个晚上没有睡，他疼得睡不着。头疼，背疼，肩膀疼。白天还稍微好些，还能忍受；一到晚上就重了，一刻不停地疼。疼得实在坚持不住了，护士过来，给一片止痛药，能缓解一会儿。趁这功夫，稍稍丢个盹。睡不了多一会儿又疼醒了，疼得在床上来回打滚儿。起先，金海尽量忍，后来实在忍不住了，就叫出声来。乌拉看见他疼得难受，就给他按摩，哪疼按哪。乌拉也不会按摩，但按一按总比不按强，按一按，总能缓解一会儿。过一会儿又不行了，只能再叫护士，再吃一片止痛药。一晚上就这么折腾。

这几个晚上都是这样。

乌拉是四号来的。现在交通方便了，从沙尔利格来呼市，当天就来了。一来就把他嫂子替回去了，白天晚上都是他陪着。

白天，病房里人多，又是医生又是护士。来看望的人也多，一拨接一拨的。还有来采访的。

乌拉来的第三天，内蒙组织部的同志来了，给金海送来了"优秀共产党员"的证书。那是金海心里最惦记的一件事，念叨了好几遍了。他抚摸着那红红的大绒封面，抚摸着中共中央的大红印章，把证书在手里掂了又掂，好像是要掂出它的分量似的。

组织部的同志要求他写两句获奖感言。金海愉快地答应了。他坐在病床上，上身靠着被子沉思了一会儿，提笔写道：

敬祝中国共产党九十华诞：
薪火相传
内蒙古大学 金海
2011.7.6.

组织部的同志接过题词，高兴地走了。金海捧着那个证书又端详了半天，然后小心翼翼地放到了自己的枕头底下。

晚上，病房里就他两个。金海身上疼得不厉害的时候，就跟乌拉拉话。拉家乡的事，拉小时候的事，拉家里面的事。从金海的话里，乌拉感觉到他对家乡的每一个人都特别牵挂，但凡他认识的都要问到：这个怎么样了，光景过得好不好；那个怎么样了，两个儿都给娶过没有。说起跟他同年仿岁的小伙伴来，总要给乌拉讲几段他们小时候的趣事儿，逗得乌拉不住气地笑。听说有两个已经去世了，都是因为车祸死的，金海好一阵痛惜。过了一会儿，他对乌拉说："他俩走了，我也快了，我们能到那边相见了。"乌拉说："你没事儿，成天闹病的人正可耐操磨呢！"金海说："快了。我肯定往俩老人前头走呀！将来还得麻烦你们多照护他们，替我多尽尽孝心……"

那三个晚上天天就这样，拉一会儿，按一会儿，一晚上不消停。

今天晚上消停了，睡得一动不动，也不知是输进去的药见效了，还是一连几个晚上熬到了。唉，快叫好好儿地睡上一觉吧。

乌拉也困了，他也睡了……

发现金海不对劲已经是九号的早上了。乌拉怎么叫也叫不醒，推他的身子也推不醒。他去找护士。护士说："没事，昨天输的药里本身就有安眠的，让他睡吧！"

九号这天，林娜也来得晚了。有乌拉在，她就不像以往那么着急。来的路上，先去了趟商场。她想买个行军床，现在用的那个睡上去很不舒服。她自己好对付，乌拉在这儿得陪一阵子，尽量让人家睡得舒服些才好。这样，她就来晚了。

她一来就发现金海不对劲，赶紧叫大夫。大夫一看，马上组织人抢救。一时间，楼上楼下，走廊过道，医生护士全都是小跑着走路。

林娜还不放心，又要通了院长的电话。院长在外地，一听这个情况也急了，马上要通病房主任的电话，指示她不惜一切代价，全力以赴，组织施救。

在这个中间，林娜又要通了道尔吉的电话、赛航的电话，要通了金峰和淖淖的电话。

看着医生、护士们跑进跑出，林娜正没有慌，出奇的镇静。她没有把今天这个事看得太严重，比这危险的阵势她已经见过了。二〇〇八年那次，二〇一〇年那次，包括主治医生在内都无能为力了，都准备放弃了；一次次病危通知，一次次家属签字，她已经不知所措了。就是在那样的境况下，她的金桑奇迹般地闯过来了。这回也会的，他一定会死里逃生醒过来的……

最早赶来的是道尔吉！

接完林娜的电话，他就往楼下跑，一边跑一边向内大的主要领导报告，请他们随后往来赶。

道尔吉赶到铁路医院的时候，医生们正给金海做脑部的CT检查。检查的结果是：癌细胞导致脑部严重水肿，昏迷就是由水肿造成的。病人已经不能说话了，但大脑的意识还有。

见从CT室里推出来了，道尔吉大步迎了上去。他握住金海的手，大声说：

"金海，我来了，道尔吉来了！"

他看见，金海的脑袋往他站的这一侧动了动，显然是听见了。

"CT检查完了，大夫说问题不是很大，你还能挺过来！"

道尔吉握着金海的手，继续大声说。他觉见，金海的手轻轻地握了他一下，意思是：

"我知道了……"

那是他们之间的最后一次交流。在那之后，任他道尔吉喊破嗓子，金海再没有回应。

医生为了缓解金海脑部的水肿，给他枕了一个带冰块的枕头。也许是冰块刺激的结果，金海痛苦地呻吟起来，医生又把那个枕头换掉了。

铁路医院的院长正在北京，一会儿一个电话，催问这边的情况。病房主任、几个主治大夫在不停地会商，看得出来，他们在想尽各种办法，全力抢救。

蒙古学学院的领导来了，内大的领导来了，内蒙组织部、宣传部的领导也来了。金海的同学、同事、学生，一个传一个，都来了。为了不干扰医务人员的工作，他们都在走廊里静静地候着。

大家都盼望奇迹出现，都期待着金海靠他顽强的毅力再迈过这道坎儿。

然而，奇迹再没有出现。

入夜以后，情况越来越不好。

开始，还能听到他轻轻的呻吟，再后来，呻吟也没有了，说明意识没有了。

只有呼吸，只有心跳，只有血压。

血压出奇的高，心跳出奇的快，呼吸出奇的急促。

十一点以后，血压降下来了，心跳慢下来了，呼吸也越来越微弱了。

十一点十分，一切归零……

一个顽强的生命，就这样结束了，平静地结束了。他的领导、导师，他的同事、同学、学生，他的妻子、儿子，他的弟弟、妹妹，都守在他的身旁，目睹了这个过程——生命终结的过程。

金海走了。

他是安安静静地走的，弥留之际，没有绝望地挣扎，没有痛苦地呼喊，安安静静地去了。

他是从从容容地走的，就像出远门一样，把一切都准备好了，把一切都安顿住了，从从容容地去了。

他是放放心心地走的，他的神态是那么安详，表情是那么平和，平和得甚至带出一丝笑意，就像睡着了一样……

夜已经很深了，大家谁也不想回家，都想在这儿再待一会儿，再陪陪金海，再说说金海。

"他这次犯病其实不算很重，我以为还会像前两次那样挺过去的，没想到，这么快就走了，连句话都没来得及说。"还在懵懂之中的林娜懊悔地说。

"到最后还那么坚强。"道尔吉对学校的两位主要领导说，"从CT室出来的时候，我告诉他问题不是很大，你还能挺过来——他嘴已经不能说话了，手还是用力地握了我一下……"

"他对死亡早就有准备了。"道尔吉接着说，"去年夏天，我俩就谈过这个话题。他不回避，更不怕，确实是坦然面对。"

"所以说，金海是英雄，是新时代的英雄。"到任不久的新校长陈国庆把话题接了过来，"过去咱们有个误区，以为只有战争年代才出英雄，战场上才出英雄。错了，和平年代照样有英雄。"

"什么是英雄？本领高强、勇武过人的人是英雄；不怕困难，不顾自己，为人民利益英勇斗争的人，同样是英雄！金海教授就是这样的英雄！"

"说到'本领高强',金海的本领高不高、强不强?你们老跟我说,他是他研究的那个领域里一座很难跨越的高山。已经是'很难跨越的高山'了,还不够高、不够强么?再说勇武过人,别看金海是一介书生,叫我说,他最是一个'勇武过人'的人。咱们想啊,他不怕困难,不怕癌症,不怕吃亏,不怕死亡,连死都不怕,他还怕什么?他无所畏惧了。所以说,他最是一个'勇武过人'的人!这样的人难道还不配当英雄吗?"

"英雄之所以值得我们崇敬,关键是他达到了那么一种境界,一种常人达不到的境界。这种境界金海达到了,所以说,他是当之无愧的英雄,是我们大家学习的榜样!"

"我们过去宣传的英雄,他们的业绩都是轰轰烈烈的,惊天动地的;当下的英雄,则是默默无闻的,是不显山不露水的。董存瑞炸碉堡也好,黄继光堵枪眼也好,欧阳海拦惊马也好,固然有平时的长期积淀,但他们的英雄壮举都是在很短暂的时间内完成的;而当下的英雄,更多的是日复一日的坚持,年复一年的奉献,从某种意义上讲,这种英雄更难能可贵,更值得我们钦佩!所以说,我们更应该推出这样的英雄,树立这样的榜样。丽华书记,我的这些观点,你赞不赞成?"

"我赞成!金海虽然走了,他的精神还在,还在激励我们继续前行!所以,我们要通过悼念金海,动员更多的师生向金海学习,把金海的精神发扬光大!"

……

36. 在那长满艾草的山坡上

金海的遗体告别仪式是七天后举行的。他走的那天是个星期六,向他作最后告别也选了个星期六。

金海是微笑着离去的。他活着时就不喜欢悲悲惨惨凄凄切切，因此，道尔吉他们把告别仪式现场布置得尽量符合金海的性格，依从他的心愿。他们没有播放在这种场合惯常使用的那种让人撕心裂肺的哀乐，而是选择了金海最爱听、最喜欢唱的乌审民歌——《在那长满艾草的山坡上》。正中间的遗像也没用那种披了黑纱的没有多少表情的黑白照，而是选了他那年获得博士学位后赛航给他抓拍的那张"博士照"，那是他最喜欢的一张，笑得最灿烂的一张。就让金海的笑脸永远地留在人们的记忆中吧！

此刻的金海，就安卧在滴着露珠、吐着芬芳的各种各样的鲜花之中。这些鲜花都是他的学生一盆盆、一株株从很远的市区端来的。他们的老师在教师岗位上整整工作了三十年，像个园丁一样含辛茹苦地培育出那么多本科生、硕士生、博士生，他们就是老师精心栽培的滴着露珠、吐着芬芳的鲜花呀，他们多想再簇拥在老师身旁，安安静静地听老师讲课呀！

此刻的金海，就安卧在花丛中，静静地倾听那首他永远也听不够的乌审民歌。平日，他在书房里写文章写累了、看资料看累了、改稿子改累了，就常听这首歌，一边听，一边休息。是啊，他太累了，他该休息了，再听听这首歌吧！这是乌审儿女思念父母的歌，这是乌审儿女赞美家乡的歌！我们的金海是从乌审草原上走出来的优秀儿女，他以他五十六岁的短暂人生，他以他孜孜不倦的不懈奋斗，实现了从小立下的志向，完成了三百多万字的专业著述，成为内蒙古近现代史领域一位很有名气的专家！他为他的家乡增了光，为家乡的人民争了气，他的价值、他的成就、他的声望，将远远地超过他所崇拜的偶像！

此刻的金海，就安卧在鲜花翠柏中，他的两位导师郝维民、道尔吉就守在他的身旁。九号那天他走的时候，人们没敢告诉郝维民老师，怕这位七十八岁的老教授承受不了。郝老师是第二天上午才知道的，知道了就埋怨众人，怨他们不该瞒着他。快八十岁的人了，哭得泪如雨下，他的老伴过来劝他，未等开言，自己也成了泪人。今天一早，郝维民教授早早就来了，望着就像睡着了一样的金海，老教授一边哭一边说："你放放心心地走吧！老师会按照你的意愿去做的。老师给出版社也讲了，你虽然走了，那我也不让他们在你的名字上加框。那个黑框会把我们分开的，老师要让你长久地和我们在一起。"

此刻的金海，就安卧在鲜花翠柏中，他的学生春子、文德、乌兰就守在他的身旁。春子是从刚刚结束的内蒙古草原文化研讨会上来的，手里抱着一大摞会上发的文件。以往的草原文化研讨会老师届届参加，今年身体实在支持不住了，就委托已经在社科院工作的春子姑娘代他去，一再嘱托她，一定要把会议的资料都带回来，别人认为没用的，我们说不定会有用的。春子兴冲冲地赶回来了，她把所有的资料都带回来了，她的老师却不在了，永远地不在了。文德和乌兰是从二连回来的，他们有两个喜讯要告诉老师——一个是文德终于工作了，干的还是新闻工作，就在内蒙古电台。他曾经厌烦新闻工作，想去搞历史，老师不让他放弃学了四年的新闻专业，希望他把新闻学与历史学相结合，在别人不注意的领域开出一片新天地来。他不听老师的劝告，非要固执地走自己设想的路。谁知，命运最终还是让他走上了老师希望他走的路。二是他俩要结婚了，婚礼就在呼和浩特办，他俩是来向老师下请柬的。可惜啊，两个年轻人晚到了一步，这么好的讯息，最爱他们的老师听不到了，老师已经先一步走了。

……

告别仪式就要开始了。告别大厅里人们送的花圈好多呀！有内蒙党委、内蒙政府、党委办公厅、党委组织部、党委宣传部、党委统战部送的，有内蒙总工会、教育厅、社科院、党史办、档案局送的，有内蒙古大学、内蒙古师大、内蒙古农大、内蒙古工大、内蒙古财院、内蒙古医学院送的，有乌审旗旗委、政府、沙尔利格学校送的，有法国波恩大学蒙藏学系、中国蒙古史学会、鄂温克族研究会送的，有政协主席任亚平、宣传部长乌兰、组织部长李佳、统战部长王素毅、政府副主席连辑送的，还有内大的领导、内大各学院的领导以及金海的恩师、好友、同事、同学们送的，把个告别大厅摆得花团锦簇，满满当当。

向金海告别的有三百多人，告别大厅里站得满满的。站在前排的领导同志有：政协主席任亚平、自治区副主席连辑、社科院党委书记吴团英、院长马永真、自治区统战部副巡视员曹洪利、总工会副主席额尔敦巴雅尔、教育厅副巡视员张喜荣、教育学院副院长哈斯朝鲁。内大的党委书记刘丽华、校长陈国庆、副书记王贵印、副校长李延俊、王万义。

告别仪式是由副校长齐木德道尔吉主持的。到任不久的新校长陈国庆介绍了金海同志的生平。

陈国庆校长说：

> 全国优秀共产党员、全国先进工作者、全国五一劳动奖章获得者、内蒙古大学蒙古学学院教授、蒙古学研究中心专职研究员、中国少数民族史专业博士生导师金海同志，因病医治无效，于二〇一一年七月九日二十三时十分不幸逝世，年仅五十六岁。
>
> 金海，男，蒙古族，一九五五年十一月十一日生，内蒙古鄂尔多斯市乌审旗人。一九六三年九月到一九七四年七月在乌审旗沙尔利格学校读书，一九七四年九月至一九七六年七月在乌审旗中学读书，一九七六年十一月至一九七八年三月在乌审旗沙尔利格小学任教，一九七八年三月至一九八一年十二月在内蒙古大学蒙古语言文学系学习，一九八二年一月毕业留校工作。一九九五年晋升为副教授，一九九六年任硕士研究生导

师,二〇〇二年晋升为教授,二〇〇四年被遴选为博士生导师。曾兼任中国蒙古史学会理事、内蒙古史学会理事。

金海同志生前主要从事内蒙古近现代史、中日关系史及相关学科领域的教学科研工作。他具有强烈的事业心和责任感,从踏上讲台的那一天起,就始终履行着"教书育人"的神圣职责。在金海身上,不仅体现了学识的魅力,更彰显了人格的魅力。特别是从一九九九年不幸患了上颌窦腺癌的十二年中,他顽强地与病魔抗争,以常人无法想象的坚强毅力忍受着八次大手术带来的身体的巨大创伤和痛苦,把全部的精力和心血倾注在教学科研中,争分夺秒地忘我工作,直至生命的最后时刻!

作为一名学者,他淡泊名利,甘于寂寞,潜心治学,取得了丰硕的科研成果。他坚持按时完成了博士研究生学业,以全A的优异成绩通过博士论文答辩,于二〇〇二年获得博士学位。他参加了十余项国家和自治区科研项目,出版个人专著七部,合著十五部,共三百余万字;发表论文四十余篇;主编三部史料汇编、一部译著,多次获得国家和自治区级奖励。他参与编写的《内蒙古革命史》获得首届国家社科基金项目优秀成果二等奖,这是迄今为止自治区哲学社会科学领域获得的最高奖项。

作为一名老师,他始终坚持在教学第一线,以良好的精神状态认真讲好每一节课。他培养的十名博士研究生已有四名毕业,培养的硕士研究生已有十七人毕业。他在教学过程中,注重教学方法与手段的创新和改革。在教学内容上坚持结合实际、学以致用的原则,大量使用田野调查的方法,广泛开展社会实践,对所培养的学生悉心指导,深受学生欢迎,得到学生的爱戴和尊敬。他的乐观和坚韧,他身上所体现出来的强大的精神力量,对学生的影响是潜移默化、受益终生的。如今,他培养的学生已经在各自领域崭露头角,正以优异的成绩践行着他的谆谆教诲。

作为一名党员，他以忠诚之心献身党和人民的教育事业，以爱国之心维护民族团结，以积极进取之心争创一流业绩，充分体现了一名共产党员的高贵品质和崇高精神。特别感人至深的是：他在去世前三天，还满怀深情地写下了"敬祝中国共产党九十华诞，薪火相传"的生前绝笔，表达了对党的无限忠诚和无比热爱！

在大家眼中，金海教授是一名普通的老师、学者。他做着普通的事情，但是都做得很好！正是在这"普通"的背后，他以一颗火热的赤子之心和甘于寂寞的学术工作，坚守着一名教师的光荣职责和神圣使命。"一个人无法选择生命的长度，却可以主宰生命的宽度"，他用自己的宝贵生命诠释了崇高的学术精神和人民教师的高尚师德！他的事迹感人至深，催人奋进，是内蒙古大学的骄傲，是"教书育人"的楷模，是中国少数民族知识分子的优秀代表，是当代的"草原保尔"和内蒙古的"方永刚"！内蒙古大学党委，自治区教育厅、高校工委，自治区党委先后授予金海同志"优秀共产党员"荣誉称号，并开展了向他学习的活动。他的先进事迹先后被自治区和中央各大新闻媒体广泛报道，在全区、全国各族群众中引起了强烈反响，受到了中央领导和自治区领导的高度评价。近年来，金海同志先后获得自治区首届道德模范、第二届感动内蒙古人物、第十一届全国职工职业道德建设"十佳"标兵、第十一届全国职工职业道德建设先进个人、中国教育二〇〇八年度新闻人物提名奖获得者、全国五一劳动奖章、全国先进工作者、全国优秀共产党员等荣誉称号。

金海同志虽然离我们远去了，但是他的精神永存！他爱岗敬业、恪尽职守的崇高精神，生命不息、奋斗不止的顽强意志，求真务实、严谨治学的工作作风，淡泊名利、无私奉献的高尚情操，珍爱生命、积极乐观的人生态度，永远是我们学习的榜样！金海同志的精神激励我们奋勇前进。让我们团结一心，凝神聚力，加快推进有特色高水平大学建设进程，为边疆少数民族地区高等教育事业的发展做出新的更大的贡献！

金海同志永远活在我们心中！

入夜之后的内大校园，变得更加静谧了。

桃李湖的水波，不再荡漾；桃李湖边的柳枝，不再摇曳。天上是十五之夜柔柔的月光，地上是内大学子们手里的烛光。

今夜，内蒙古大学的八十多名学子相聚在校园里的桃李湖边，手捧点燃的蜡烛，为他们敬爱的金海老师送行。

本来，学校已经放假；本来，他们应该离校了；他们谁也不想走，他们想用这样的方式来表达对老师的思念，他们想用这样的方式再送老师一程。

是谁又拉起了马头琴，是谁又演奏起那首熟悉的音乐？在时隐时现的乐曲声中，内大的学子们用诗歌表达他们此刻的心声：

> 你从长满艾草的山坡走来，
> 因此你最爱听那首蒙古族民歌；
> 长满艾草的山坡，
> 那里有马头琴的述说，
> 那里有阿爸阿妈的嘱托；
> 那里是你生命和学术的大河之源，
> 那里是你理想和信念的精神部落！
> ……

金海走了，远远地走了。但是，金海将永久地活在内蒙古大学所有教师和学生们的心中，活在乌审旗儿女们的心中，活在所有熟悉他、了解他、尊敬他的人们的心中……